Germ

A-Level

Preparation

Book

rororo

Sehr geehrte Frau Honecker!
Bevor Sie lange überlegen, wir kennen uns nicht. Und bevor Sie lange bezweifeln, in welcher Absicht ich Ihnen diesen Brief verfasse, möchte ich meine Versicherung aussprechen (Doppelpunkt) nur in den denkbar positivsten! Ich mache mir Sorgen um meinen Sohn. Ich wünsche mir ein paar erhellende Worte von Ihrer Seite.
Was raten Sie einem Vater wie mir?
Mit sozialistischem Grus z!

Ihr Hermann F. Odetski

DIRK LAUCKE fängt in seinem Roman den Moment ein, in dem ein Mensch die Kontrolle über sein Leben zu verlieren scheint, wie auf einer Bananenschale auszurutschen droht, sich vielleicht aber noch fängt. Vielleicht aber auch nicht: lustig, bittersüß und mit großer Sympathie für seine Figur. Bei Laucke gibt es ABM-Kräfte, billiges Bier und die unerreichbare Nicole. Und man mag all das sehr!

Dirk Laucke, geboren 1982, aufgewachsen in Halle (Saale), hat Psychologie in Leipzig und Szenisches Schreiben an der Universität der Künste in Berlin studiert. 2006 erhielt er eine Einladung zu den Salzburger Festspielen und den Kleist-Förderpreis. 2007 und 2010 war Laucke zu den Mülheimer Theatertagen eingeladen; 2007 ist er von «Theater heute» zum Autor des Jahres gewählt worden. Seine ersten Schreibversuche kommentiert Laucke heute so: «Ich schrieb die Geschichte, bekam eine Eins. Krass.»

DIRK LAUCKE

Mit sozialistischem Grusz!

ROMAN

ROWOHLT TASCHENBUCH VERLAG

ORIGINALAUSGABE
Veröffentlicht im Rowohlt Taschenbuch Verlag,
Reinbek bei Hamburg, März 2015

Umschlaggestaltung Hafen Werbeagentur, Hamburg
Umschlagabbildung Picture-Alliance/dpa; cg textures
Satz aus der Galliard, InDesign, bei
Pinkuin Satz und Datentechnik, Berlin
Druck und Bindung CPI books GmbH, Leck, Germany
ISBN 978 3 499 26925 7

WENN SIE'S WIRKLICH WISSEN WOLLEN, ich habe keine Ahnung, ob es mit dem ersten Brief anfing. Warum mein Vater ihn schrieb, weiß ich auch nicht. Vielleicht wäre es ja cleverer, ich würde gleich zu Beginn weit ausholen und Ihnen meine halbe Lebensgeschichte runterbeten, dass ich mit fünf den gefürchtetsten Schläger meines Kindergartens k. o. gelegt hab, dass ich meinen Ex-Kumpel Ralf, der dabei war, schon ewig kenne und dass uns meine Mutter vor ein paar Jahren in einem roten Polo verlassen hatte, da war mein Vater allerdings längst schon arbeitssuchend, wie sie es auf dem Amt nennen. Wahrscheinlich sollte ich sowieso besser bei ihm ansetzen, wo er geboren wurde, wie er aufwuchs, seine Jugend, sein Job im Waggonbau, die Wende, das ganze Tralala. Aber ehrlich gesagt, hatte ich nicht vor, so lange in der Vergangenheit von einem von uns herumzubohren, bis ich mir einen Ehrentitel in tiefenpsychologischem Palaver verdient hab. Nennen Sie es einen gelungenen Anfang oder nicht, hier kommt er einfach, Brief Nummer eins:

Sehr geehrte Frau Honecker!
Bevor Sie lange überlegen, wir kennen uns nicht. Zwar hatte ich die Ehre, Ihnen anläss-

lich der Spartakiade '75 einen StrausXXz rote Nelken in die Hand zu drücken, aber da dran werden Sie sich sicherlich nicht zurückerinnern - bei so vielen Sträuszen rote Nelken, die Sie im Laufe Ihrer Tätigkeit als Thälmann-Pionier-Vorsitzende und spätere Ministerin für Volksbildung in Empfang nehmen durften, wen wundert es!! Und bevor Sie lange bezweifeln, in welcher Absicht ich Ihnen diesen Brief verfasse, möchte ich meine Versicherung aussprechen (Doppelpunkt) nur in den denkbar positivsten! Denn auch an Ihre Rede, die Sie anlässlich einer kleineren Kreis-Sportveranstaltung hier in d r Region hielten, wo ichdie Gelenheit hatte, Sie zum zweiten mal 'live' zu sehen -denke ich noch gerne zurück! (In letzter Zeit öfters.) Es ging darin darum, gemeinsam an einem Strang zu ziehen, um dem Einzelnen beförderlich zu sein, um ihn an sein Äuszerstes an sportlicher _und_ auch sonstiger Leistung zu bringen. Vor allem das Sonstige ist Anlasz meines Schreibens. Ich mache mir Sorgen um meinen Sohn. Der allgemeine Z ustand unserer heutigen Jugend scheinen mir von Egoismus und/oder Richtungslosgkeit geprägt. Im speziellen Fall von meinem XXXSohn erscheint mir die Sachlage noch verschärftrer. Ich würde sagen, die Richtungslosigkeit ist in Langeweile umgeschlagen, die Langeweile in völliges Abhandengekommensein von _Sinn_!,

sodas z ich nicht mal nur um seine allgemeinen
Optionen im Leben fürchte (Aufnahme einer Tätigkeit, Ausbildung XXXXXXXXX,sondern um sein
Leben selber. Frau Honnecker, ich hatte seit
frühester Jugend das Glück, eine vernünftige
und sinnvoll gefüllte Ausbiuldung zu genies-
sen, ging vor allem auf im Sport (Ringen),
wo ich einige Erfolge aufweisen konnte (aber
XXXXXX aus einer Karriere als Profi wurde dann
ncihts). Ich wünsche mir ein paar erhellende
Worte von Ihrer Seite.
Was raten Sie einem Vater wie mir?
Mit sozialistischem Grus z!

Ihr Hermann F. Odetski

P.S. Sollte es Sie einmal in die Region Bitterfeld verschlagen, sehen Sie sich jederzeit
als Gast von mir und meinem Sohn bei Kaffee
und Kuchen herzlichst willkommen! (Marmelade
aus dem nahenZörbig ist immer noch die Wucht!)

Er hatte ihn auf seiner alten Erika getippt. Von einem Tag auf den nächsten holte er das schwere, klappernde Gerät aus dem Keller. Mit Daumenknaupeln konnte er es nicht aus seiner Verpackung lösen, also setzte er seine ganze Kraft ein, um die eng mit Klebeband verschnürte Plastikfolie auseinanderzureißen. Dabei machte er ein Geräusch, als würde er eine Waschmaschine absetzen, die er alleine von der Straße ins 3. OG geschleppt hatte. Er pustete den Staub ab, holte sich Nähmaschinenöl aus der Kammer, kramte im Bastelfach der Anbauwand, in dem die Jagdflieger des Kalten Krieges brachlagen, nach einem Pinsel zum Entstauben und machte sich daran, die Schreibmaschine wieder flottzukriegen. Allein dafür brauchte er zwei Stunden. Das Schreiben nahm die ganze Nacht in Anspruch. Bis zum Morgengrauen hörte ich ihn am Wohnzimmertisch den Fortgang der Sätze vor sich hin murmeln, während sein Zeigefinger wie ein Raubvogel auf der Suche nach Beute über den Tasten gekreist haben muss. Ansonsten fluchte er viel, inbrünstig und wortschatzmäßig weit einfallsreicher, als der Brief es vermuten lässt: «Verdammte Pest!», sagte er beispielsweise, «Kacktasten!», «Du kriegst die Matzeln!» und «Ich geh kaputt!». Weiter brauche ich das ja hier nicht auszumalen. Ich nehme an, die schlimmsten Sorgen bereitete ihm der abgebrochene Anschlag der ß-Taste, auf der sich auch der Doppelpunkt befand. Ungeübt war er auch. Ich kann mich nicht entsinnen, ihn jemals an meinem Rechner gesehen zu haben. Und so fieberte ich fast ein bisschen mit, wenn er, «Ich werd noch zum Schwein!» schreiend, das nächste Blatt aus der Maschine zerrte, es mit seinen Ringerfäusten zusammenknüllte und in Richtung Topfpflanze pfefferte, die am nächsten Morgen ein bisschen wie ein Weihnachtsbaum aussah, geschmückt mit Kugeln und Lametta aus Papier. Schimpfend spannte er eine neue Seite ein und tippte weiter. Was heißt tippen? Rattatat, ratta, ratta, rattatatatatatat: Bei offenem Fenster (es war Sommer) nahm er die Nachbarschaft die ganze Nacht lang unter Beschuss.

Wie schon gesagt, er wurde erst am nächsten Morgen fertig, kam in mein Zimmer und bat mich, den Brief abzuschicken. In der einen Hand hielt er den zugeklebten Umschlag, in der anderen dampfte der Instantkaffee aus seiner Tasse mit dem blauen Zwiebelmuster. Ich simulierte Schlaftrunkenheit, setzte mich stöhnend auf, tat, als würde ich einen ernsthaft verstörten Blick auf die Uhr werfen, und beugte mich blinzelnd vor, um den Namen zu entziffern, den er per Hand in die Mitte des Kuverts geschrieben hatte. Kinderschrift, nur der Name, darunter blieb Platz für die Adresse. Ich wartete auf ein paar erklärende Bemerkungen, warum, wieso, weshalb, was sollte das Ganze, aber wenn ich die erhalten hätte, könnte ich uns die vielen Worte hier ersparen, und so legte ich mich desinteressiert zurück und sagte:

«Die ist doch in Bolivien oder so.»

«Chile», korrigierte er und fügte hinzu, für was ich Internet hätte. *Für was.* Er legte den Brief auf mein Kopfkissen und zögerte eine Sekunde, ihn auch loszulassen. Schließlich schien er sich ein Herz zu fassen und Abschied von seinem Werk zu nehmen, tippte behutsam mit den Fingerspitzen darauf und schlurfte, flapp, flapp, flapp, in seinen Badelatschen zurück ins Wohnzimmer. Das Sterni ploppte, im Fernsehen lief eine Doku über Muhammad Ali. Es war kurz vor halb acht.

Pro forma oder nicht, ich ging möglichst geräuschvoll zum Rechner und fütterte die Suchmaschine mit den Worten: margot honecker chile address. Enter. Doch schon im nächsten Moment, beim Anblick von tausendirgendwas Einträgen, hielt ich inne: Was sollte das? Woher kam dieser Einfall, sein plötzlicher Anfall von Aktivität? Mir war nicht bewusst, dass er eine besondere Beziehung zu irgendwem, meiner Mutter und mir ausgenommen, gehabt haben könnte – warum dann zu einer Frau, deren Bild mir, na ja, mir nicht gerade, aber sehr wahrscheinlich der Generation nach mir nur aus Geschichtsbüchern bekannt war? War in letzter Zeit vielleicht etwas vorgefallen? Nein. Hatte ich eine Störung im Betriebsablauf verpasst? (Blöde Frage: Wüsste ich es, hätte ich sie ja nicht verpasst.) Soweit ich mich erinnern konnte, war da nichts, war alles, wie es, seit Mama fort, wie es seit Jahren war, tagein und tagaus. Nichts war geschehen, nichts, gar nichts. Ich machte meinen Kram, er machte seinen Kram: einkaufen, essen, schlafen, irgendwas im Fernsehen. Sonst nichts. Ich warf einen Blick nach draußen, um sicherzugehen (oder um mich abzulenken), und siehe da: Vor dem Fenster dümpelte dasselbe alte Rinnsal aus Alltäglichkeiten vor sich hin, den es seit Erschaffung dieser Welt gegeben hatte. Herr Seifert folgte seinem Cäsarhund an der dünnen roten Leine vom Baum zur Hecke und beobachtete mehr besorgt als gewissenhaft das Geschäft des kleinen weißen Kläffers, der dümmlich dreinblickend und am ganzen Leib zitternd ein schwarzes Würstlein auf die Rabatten presste. Sein Herrchen überschüttete das artige Wauzi mit Lob und zog ein Papiertaschentuch aus seiner mausgrauen Windjacke, um ihm die Rosette zu putzen. Der Hund nieste, zwinkerte zwischen rotzgelben Strähnen hervor und scharrte mit ein paar zeitlupenmäßigen Kratzern der Hinterbeine in die dem Kötel entgegengesetzte, falsche Richtung. Dann trotteten sie weiter, keinen Blick nach links oder nach rechts verschwendend; warum auch, sonst regten sich in Herrn Seifert noch unangenehme Gefühle beim Anblick des heruntergekommenen Hauses, der verrammelten

Eingangstür und der zugemauerten Fenster im Erdgeschoss, der brüllenden Leere in den oberen Etagen. Vor demselben Haus hatte sich dasselbe Ritual schon Hunderte, Tausende Male abgespielt, bei dem ersten Vogeltschiepen und blühenden Krokussen auf dem kleinen Beet im Frühling, bei sengender Sommerhitze, stürmischen Winden samt vorbeiwirbelndem Herbstlaub und in grauem Schneematsch – Herr Seifert trottete mit seinem Cäsarhund vorbei, mit dem aktuellen und mit den beiden Cäsarhunden vor dem jetzigen und dem kleinen Pekinesen vor Cäsar I bis III (ich nehme an, er war einem schlechten Züchter verfallen – sie starben wie die Fliegen). Schon von klein auf hatte ich Herrn Seifert mit seinen Hunden an unserem Haus vorüberschleichen sehen, einer gebückter und ängstlicher als der andere. Ich wettete mit mir selbst, an welcher der in Frage kommenden Stellen der jeweilige Hund an diesem oder jenem Tag sein Geschäft verrichten würde – meistens lag ich richtig. Mir fiel ein, dass er damals gewohnheitsmäßig stehen blieb und ein Schwätzchen mit der Frau von gegenüber hielt – ich komme nicht auf ihren Namen. In Kittelschürze und mit nackten, fleischigen Oberarmen lehnte sie im Erdgeschoss auf dem Sims und wechselte ein paar Worte mit ihm: Das Wetter wird schlechter, der Friedhof wird teurer, der Konsum genauso, ach?, der Konsum heißt Penny, der Penny heißt Netto, der Netto soll dichtmachen … Und Herr Seifert rief immer, wenn er meinte, Zeit wär's, na dann!, seinen asthmatisch japsenden Cäsar I oder II herbei und die Nylonleine rastete ein, ratterratsch. Nun war die Eingangstür schon seit ein paar Jahren mit wuchtigen Stahlplatten verriegelt.

Was sollte es, das Leben funktioniert nicht ohne großes Vergessen. Ich klemmte den Brief zwischen die Seiten eines Buches. Gorkis Mutter, falls Sie das interessiert. Orangenes Leinen. Das geprägte Fenster mit dem Namen des Verfassers und dem Titel darin verliehen dem Band das Aussehen eines Klassikers: Allein wegen der optischen Wirkung, die er in meinem Regal neben all den bunten Paperbacks und DVDs und angestaubten Videokassetten erzielte, hatte ich ihn mir vor ein paar Jahren aus dem Karton geangelt, der vor der Schulbibliothek stand. Ich schob das Buch zurück ins Regal.

Im Wohnzimmer lag mein Vater vor dem Fernseher, die nackten Füße auf der Ottomane. Er starrte gebannt auf das laufende Programm: Muhammad Ali hatte für seinen Kampf gegen Foreman in Zaire fünf Millionen Dollar eingestrichen. Der Sprecher sagte was über die Flügel des Schmetterlings. An den Türrahmen gelehnt, hörte ich ein paar Minuten zu, dann hob ich die Hand, er hob die Hand: «Adresse gefunden?»

«Hm.» Und draußen war ich.

Es gab Schlimmeres als diesen Brief.

ICH WEISS JA NICHT, wie es bei Ihnen ist, aber an dem Ort und zu der Zeit, als die ganze Sache passiert ist, nämlich in Bitterfeld im Jahr 2002 (nein, weder das eine noch das andere können wir jetzt noch ändern), gehörten leergefegte Straßen zum Sonntag wie Mehlschwitze zum Schweineschnitzel. Ganze Straßenzüge gähnten nur so vor sich hin, so dermaßen viele Wohnhäuser und sonstige Gebäude, Schulen, Kindergärten, alte Werkstätten, Garagen, kleine

Fabriken dämmerten ungenutzt und verlassen ihrem endgültigen Schicksal entgegen (wie auch immer das aussah), sodass sich diese Geschichte hier vermutlich nicht in einer Stadt, sondern in einer Art Ballung von kleineren Ortschaften zugetragen hätte, wären die Abrissbagger nur effizient genug eingesetzt worden. Aber wie's so ist, können sich die Menschen schwer von Tradiertem trennen. Und so hielt der Umstand, dass das Leben hier einem langfristigen Aufenthalt in einem Vanitas-Stillleben glich, niemanden, auch die Jüngeren nicht, davon ab, eines der leerstehenden Geschäfte weiterhin die Tierhandlung zu nennen, und auch der ehemalige Kulturpalast und das Elektrochemische Kombinat Bitterfeld (also EKB, das Schicksal erläutere ich jetzt nicht, sonst stecken Sie mich noch mit denen hier in eine Kiste) behielten ihre Namen. Wozu auch noch die Wörter kaputt hauen? Damit hinterher rauskommt: Nach dem schwarzen kaputten Haus rechts ab und weiter bis zur braunen Ruine? Was soll's, ich laber mich fest.

Wie Sie sich inzwischen also denken können, blieb mir in der Regel nicht viel zu tun, erst recht nicht, wenn ich bestimmten Leuten nicht über den Weg laufen wollte. Also machte ich mich auf die Strümpfe zum vollständig intakten Asia-Döner (heißt so), um mich mit zwei Bier zu versorgen und damit ins Grüne abzusetzen, wovon wir ja mittlerweile viel haben, Grünes meine ich, also Natur. Vor ein paar Jahren war der Laden noch zentraler Anlaufpunkt von uns Schülern in der zweiten großen Pause, einer sogenannten *Hofpause,* gewesen, aber die Sitte ging ein und überstand meine Generation nicht. In der Regel wurde der Asia-Döner daher von niemandem frequentiert, mit dem ich irgendwie zu tun hatte, erst recht nicht am Sonntagvormittag, wo vielleicht ein paar Spritties zu erwarten waren, vielleicht ein Kind, das drei Mal Mittagsmenü, gebratene Nudeln (3,50, mit Hähnchenzeugs 4,50), fürs Familienessen ranschaffte. Die Bedienung war eine kleine Vietnamesin, die ihren Akzent nicht loswurde, zum Glück aber keinem ihrer Kunden auch nur ein einziges klischiertes asiatisches Lächeln schenkte. Vor ihr standen zwei Woks, einer mit gelbem Hähnchen, einer mit gelben Bratnudeln. Einen Dönerspieß hatte sie nicht, aber etwas, das sich Dönerpfanne nannte, graues Fleisch – ab in die Mikrowelle. Man konnte es auch mit den Asianudeln kombinieren, was eine Zeitlang der Renner war, vor allem bei uns Schülern.

Dingdong machte die sensorische Türklingel, ich schlängelte mich an den beiden Plastiktischen mit Plastikblumen vorbei. In der Ecke über mir lief der Fernseher, aufdringliche Sportkanalwerbung, hinter mir gab der Spielautomat seine üblichen piependen Foltergeräusche von sich, und ich griff in den Kühlschrank nach zwei Hülsen (ugs. für Bierflaschen) von den besser temperierten hinteren Plätzen. Nachdem mir die vietnamesische Frau, als wäre ich geistig nicht ganz auf der Höhe oder litte an einem heftigen Sehschaden, das Wechselgeld Münze für Münze in die Hand gezählt und ich die Flaschen in meinem Rucksack verstaut hatte, fiel mein Blick auf den Spielautomaten. War das wirklich mein alter Kumpel Ralf (besser: Ex-Kumpel), der dort auf dem Hocker kauerte und apathisch an den Knöpfen herumdrückte? Ich versuchte, auf dem schnellsten Weg nach draußen zu gelangen, ehe er mich bemerkte. Aber wie's so ist im Leben:

«Philliiip!»

Erstens kommt es anders, und zweitens spare ich mir.

«Was ist los? Wo willste hin?»

Ralf klang, als hätten wir uns eben erst verabschiedet, dabei lag unsere letzte Zufallsbegegnung auch schon ein paar Monate zurück. Er sah schlimm aus. Verstehen Sie mich nicht falsch: Ralf und ich kennen uns schon ewig – das habe ich ja während meines missglückten Anfangs nebensatzmäßig erwähnt. Und er sah schon lange blass und ungesund aus, aber sein Anblick vor dem fiependen Spieleding im Asia-Döner toppte alles, was ich bisher von ihm kannte: Ralfs Wangen waren eingefallen wie bei einem von diesen zahnlosen, spindeldürren Typen, die sich mit großen Einkaufstüten auf eine Bank am Bahnhof setzen, eine Flasche Korn hervorzaubern und in einen halbleeren Jumbopack Multivitaminsaft schütten. Früher mochten seine Augen schon glasig und rot gewesen sein, aber sie hatten dabei immer etwas, wie soll ich sagen, Tiefenentspanntes; nun waren sie klein und stechend, fiebrig und gehetzt.

«Wie geht's denn so?», hörte ich mich sagen.

«Soll sein? Und bei dir?»

«Du weißt nicht zufällig, wo die Honecker wohnt?»

Er zuckte die Schultern: «Nicaragua?»

Seine Marlboro-Schachtel auf dem Tisch war voll mit Selbstgestopften. Er bot mir eine an. Ich schüttelte den Kopf. Wir schwiegen ein paar Augenblicke zu lang.

«Sind bald Wahlen, was?», eröffnete Ralf ziellos das Gespräch.

«Schon gehört.»

«Schon gehört, dass André mich angequatscht hat?»

«Was?»

«André Hellinger, läuft rum und …»

«Hellinger?»

«Du weißt schon, der Typ, der Sebastian vermöbelt hat.»

Ich überlegte, welcher Typ Sebastian vermöbelt hatte. Sebastian war schon seit zwei Jahren nicht mehr da, er trieb sich in Berlin auf der Filmhochschule rum und kaute wahrscheinlich jedem, der ihm über den Weg lief, beide Ohren ab. Seit seiner Abschiedsparty hatte ich ihn nicht mehr gesehen.

«Jedenfalls, der hat mich angequatscht, André Hellinger, ob ich nicht für 'n Fünfer NPD wählen würde. Ich sag, du hast wohl im Lotto gewonnen, André? Da musst du ja ordentlich was hinlegen, wenn das was bringen soll.»

«Und», sagte ich. «Machste?»

«Kacken? Lange nichts von dir gehört, Phillip. Machst dich rar, was?»

Ich zuckte die Schultern, und mit einem Mal fiel es mir wie Schuppen von den Augen: «André Hellinger!», rief ich leise. Mit zwölf hatte der schon so ziemlich alles durch, was Frauen mit sich anstellen ließen, hieß es. Mit dreizehn hatte er einen definitiven Stammplatz in der Raucherecke, mit vierzehn ging er nach der Schule ein Bierchen zischen und mit sechzehn in den Bau, so in der Art jedenfalls.

«Genau der», schien Ralf meine Gedanken zu erraten. Zufrieden klemmte er seine Kippe in den orangenen Aschenbecher.

André Hellinger hatte Narben auf den Knöcheln. Wenn er mit seinen Jungs an der Tischtennisplatte abhing, zeigte er sie jedem, der danach fragte. Was erzähle ich da? Hellinger breitete seine Hände auch ungefragt geradezu fachmännisch vor seinem Publikum aus wie heimgekehrte Urlauber Landkarten vor ihren Freunden und Verwandten; dann deutete er auf diese oder jene Stelle und erzählte, wem er es zu welcher Gelegenheit so dermaßen auf die Kauleiste gegeben hatte, dass diese Narbe als Erinnerung daran geblieben war.

«*Der* Hellinger ...», sagte ich, was selbst in meinen Ohren ein bisschen gewollt klang.

«Der Hellinger», gab Ralf nickend zur Antwort.

Wir beide nickten.

Ich warf einen Blick auf die Vietnamesin, die geschäftig im Wok herumschabte, als verstünde sie kein Wort. Vielleicht verstand sie keins.

«Und der ist Nazi?», fragte ich laut. Sie reagierte nicht.

Ralf zuckte mit den Achseln und fragte, wann ich denn mal wieder vorbeikäme.

Ich sagte: «Ich werd mal sehen.»

Ralf schlug die kommende Woche vor. Er hätte Zeit, was er mir nicht extra mitzuteilen brauchte. Ich sagte noch mal, man könne ja mal sehen. Dann wiederholte Ralf seine Geschichte mit André Hellinger, und dann wiederholte ich seine Geschichte mit André Hellinger, aber das war nicht wichtig. Wichtig war sowieso nicht, was geschah, denn es war so banal, dass eigentlich nicht der Rede wert; wichtig war, dass wir nicht darüber sprechen mussten, warum ich Ralf nicht mehr besuchte, dass wir der erbarmungslosen Zeit ein Schnippchen geschlagen hatten und dass die Gesichter derjenigen vor unseren Augen auftauchten, Sebastian und André Hellinger, die wir im Begriff waren zu vergessen.

Irgendetwas störte mich daran. Etwas an Ralfs erbarmungslos zur Schau getragener Freude, mich zu sehen, machte mich misstrauisch. Ehe ich mich aus der Tür verdrücken konnte, rückte er raus: ob ich ihm Geld leihen könnte. «Nur einen Zwanni.»

Ich sah in mein Portemonnaie, fand einen Fünfer, zögerte, ihn herauszuziehen, aber ich hatte ein bisschen was zur Seite gelegt für den Fall, dass ich noch mal nach Berlin fahren musste zur Aufnahmeprüfung an der Uni, und falls sie mich nähmen, musste ich irgendwo unterkommen und so weiter. Ich schob den Schein neben den Aschenbecher. «Wie in alten Zeiten», sagte er und legte sofort die Hand darauf. Ich verabschiedete mich und warf der Köchin eine Geste hin, dachte an Dien Bien Phu, wo die Vietnamesen wem eigentlich noch mal: den Franzosen, den Chinesen oder den Amerikanern?, den Arsch versohlt hatten. Sie nickte.

Vor der Tür rotzte ich auf den Gehsteig und setzte mich mit klimperndem Rucksack in Bewegung Richtung Kanal, wo ich diesen Sonntag, wie die meisten Sonntage, im verdorrten Ufergras sitzend, hinter mich zu bringen versuchte.

Manchmal hatte ich ein paar Ideen für einen Comic oder Film – wer weiß, woher ich die nahm? Ich schrieb sie dann in mein Heft; meistens schrieb ich aber nichts, weil ich meistens auch keine Ideen hatte.

Um es ehrlich zu sagen, ich nahm mir heute vor, einiges von dem Zeug zu vergessen, das seit der letzten Nacht passiert war. Zunächst machte ich mich daran, mir Ralfs Gesicht schönzutrinken. Wie hatte er nur so abrutschen können? Ich versuchte, mich an den Ralf zu erinnern, mit dem ich mich vor André Hellinger im Gebüsch des Kindergartens versteckte, wo wir Pläne schmiedeten, Hellinger das schon damals gewalttätige Handwerk zu legen, ihn im Klo einzusperren oder so was. Einmal hatten wir angefangen, eine Grube auszuheben und sie mit Stöcken und Laub zu bedecken, damit Hellinger hineinträte und wir Freudentänze wie die Mammutjäger neben dem bezwungenen Giganten aufführen könnten. Daraus wurde nichts. Noch bevor sie tief genug gebuddelt war, dass gerade mal Hellingers Knie darin versunken wären, kam er vorbei und trat die Grube einfach wieder zu. Auf unseren Aufschrei und unsere empörten Beschwerden hin jagte er uns mit den übriggebliebenen Stöcken durch den Kindergarten. Aus den meisten unserer Pläne wurde nichts. Ralf hatte als Kind immer vom Wegfahren geträumt, Wegfahren in einem weißen Lada Niva (eine Art Jeep), in dem wir schlafen und essen würden. Jetzt schlief er in seiner Neubaubuchte, aß (falls er aß) offensichtlich doch wieder beim Asia-Döner und traf sich mit großer Wahrscheinlichkeit öfter mit André Hellinger, als er mir auf die Nase binden wollte.

Als Zweites dachte ich natürlich an meinen Vater. Und da kam ich, verflucht noch mal, nicht besonders weit. Ehrlich gesagt, fiel es mir schwer, kausalen Zusammenhängen zu folgen. Wahrscheinlich war ich es nicht mehr gewohnt, dass ich mein Hirn zu irgendetwas anstrengen musste. Vielleicht hatte ich auch keine Lust darauf. Und so träumte ich ein bisschen rum, folgte den Gedanken, die mir gerade in den Kopf kamen, ließ sie fallen, sobald ich den Faden verlor oder irgendein neuer hinzukam. Die Flaschen leerend, starrte ich auf den Kanal, rechnete die Kalorien zusammen, die beide Biere auf meinen Schwimmringen hinterlassen würden, das war schwer genug, zählte die vergeblichen

Würfe der Angler ein Stück stromaufwärts, dachte vielleicht mal kurz daran, dass ich früher mit ihm, also meinem Vater, gelegentlich auch angeln gewesen war. Ewigkeiten her. Ich fragte mich, warum er das nun nicht mehr tat, warum ich es nicht mehr tat, ob aus Mitleid mit den Tieren, speziell den Fischen, ob Fische trotz ihres Schweigens Schmerz und Leid empfanden, beantwortete mir die Frage mit einem klaren Was sonst? und fragte mich zugleich, worin bitte schön der Unterschied zwischen Schmerz und Leid liegen könnte, Dummbatz? Ich notierte: Sören K., weil ich nicht sicher war, wie man Kierkegaard schrieb (heute schlage ich nach), vergaß aber die Frage Gott sei Dank sofort. Dann wieder dachte ich ans Schwimmen und wie lange ich schon nicht mehr baden gewesen war und ob das allein an den Schwimmringen (siehe oben) lag, dachte daran, dass man ein Stück stromaufwärts den leergeräumten Tagebau der Goitzsche mit Wasser füllte, ein riesiges ehemaliges Waldgebiet, das in ein paar Jahren, vier, um penibel zu sein, voll Wasser stehen sollte, und malte mir schließlich aus, wie es wohl sein würde, eine Seenplatte hier vor der kargen, postindustriellen, lonesome Eastern-Movie-mäßigen Haustür zu haben, samt Bootsfahrern von überall her, die nicht einen Schritt an Land zu setzen wagten, weil ihnen die Anwohner nicht geheuer waren, und ich spann mir – das weiß ich lediglich, weil ich die Notizen noch habe – ein paar fiese kleine Dialoge zurecht, in denen sich die Bootsreisenden über die heimische Bevölkerung amüsierten (füge ich jetzt nicht bei, die Notizen – zu dämlich). So weit die Hirnlage.

Alles in allem brauchte ich gar nicht zu beschließen, die Sache mit dem Brief endgültig abzuhaken – es gelang mir auch so. Als ich abends nach Hause kam, zögerte ich zwar noch einen Augenblick, die Wohnungstür zu öffnen, weil ich nicht wusste, ob mein Vater als Nächstes über einem Schreiben an Mielke saß, einem Telegramm für Ulbrichts Enkel, einer Postkarte für Stalin, aber ich gab mir einen Ruck und fand ihn genau so vor dem Fernseher sitzend, nein, liegend, wie ich ihn verlassen hatte. Der einzige Unterschied: Er schlief. Die Schreibmaschine stand eingehüllt in eine Plastiktüte unter dem Esstisch, keine zwei Meter von ihm entfernt. Ich atmete durch und ging zu Steven Seagal, der gerade den Kopf eines Mannes mit rotem Ledermantel durch die Windschutzscheibe eines Autos donnerte. Schnitt. Innensicht Auto: Die Kamera gab den Blick auf ein klaffendes Loch in der Schädeldecke des Mannes frei. No sleep till Brooklyn, flüsterte ich, dieselben Worte würde gleich einer der Beastie Boys in der Titelmusik rufen, aber bei aller Liebe zu den Jungs: Ich schaltete den Fernseher vorher aus. Dann nahm ich die kratzende, karierte Wolldecke von der Couch, die mir noch immer den Geruch von Ostseeurlaub in die Nase steigen ließ, von Salzluft, Sand, verbrannten Schultern, Schweiß, Sonnenmilch. Als Kind hatte ich mir die Decke an die Wange gehalten, weil sie schon am Morgen von der Sonne warm getankt war, wenn ich sie von der Leine nahm und sie zum Strand vortrug. Meine Mutter hatte mal fünfzig Mark auf der Düne gefunden, aber sie wusste nicht, wo sie die verstauen sollte, wir alle nur in T-Shirts und Badehosen, also steckte sie sich den Schein durch ihren Ausschnitt in das Bikinioberteil und ging hüftschaukelnd voran, ein kesser Blick nach hinten, Gelächter. Zum Mittag gab es was bei Birgits Imbiss, Schnitzel oder Bratfisch mit Kartoffelsalat, die Decke lag auf einem extra Stuhl. Abends, nachdem wir Sprotten gegessen und deren Köpfe in fettiges Papier gewickelt hatten, nahmen wir sie wieder mit zum Strand. Wie jeden Abend zeigte Paps auf den Leuchtturm, der draußen auf der Insel blinkte. Das Meer war aufgewühlter, wir trugen kunstfaserne Jogginganzüge und fütterten die vom Wind hin und her gepeitschten Möwen. Sie fingen die Köpfe der Fische im Flug. Dann setzten wir uns noch ein Weilchen auf die Karos.

Jetzt deckte ich meinen alten Herrn damit zu. Kurz dachte ich, er würde vielleicht nie wieder aufwachen, aber auch das war nur ein dummer Gedanke, der ging wie alles vorbei.

ER FRAGTE NICHT WEITER NACH DEM BRIEF. Sollte mir recht sein. Der Sommer war für mich bis dahin schon nicht so gut gelaufen. Ich war einer Arbeitsbeschaffungsmaßnahme zugeteilt worden, und wirklich, ich war froh über jede Sorge weniger, die ich mit mir herumschleppen musste, während ich meine täglichen acht Stunden Grünanlagenpflege im Stadtpark herunterriss – Hecken stutzen, Mulch auslegen, Rasen mähen, ab nach Hause, Abendbrot, fertig. Dasselbe am folgenden Tag und am darauffolgenden und am darauffolgenden und so weiter, bis die Scheiße ein Ende hätte und der Stadtpark, den keiner braucht, die Blumenkübel vorm Rathaus, die keiner braucht, und unzählige Verkehrsinseln, die keiner braucht, aber sie gehören ja zum Aufschwung, gepflegt genug wären, um die ABM für beendet zu erklären.

Ungefähr drei Wochen später, an einem Mittwoch der *Maßnahme*, was hierzulande von alters her ein beliebtes Wort zu sein scheint (deswegen setze ich es kursiv, Sie entschuldigen die Schlaumeierei), passierte dann etwas, das ich hier nur deswegen erwähne, weil es mit der Briefschreiberei meines Vater zu tun hat.

Aus Mangel an Ideen für alternative Freizeitbeschäftigungen blieb ich bei Tilo und Jutta, meinen Leidensgenossen, zu denen uns das Amt per Dekret bestimmt hatte. Wir luden die Geräte auf den Transporter, klopften gegen die Tür, Abfahrt Meister, kauften uns Hasseröder beim Konsum, der jetzt Netto hieß. Dann setzten wir uns auf die Lehne einer Bank, deren Umgebung wir vor einer Stunde noch gereinigt hatten und nun mit unseren Kippenstummeln und Kronkorken garnierten. Den Stolz holten wir uns zurück!

«Warm ploppt's am lautesten», bemerkte Kollege Tilo, alleinstehend, zahnlos, fünfundvierzig, beim Öffnen des Bieres mit seinem Feuerzeug. Das vertraute Geräusch ertönte wie angekündigt. Er nahm einen Schluck. Ich nahm einen Schluck, nur Jutta starrte noch einen Augenblick auf die Flasche, die zwischen ihren Schenkeln klemmte, dann trank auch sie.

«Wo wir schon bei warm sind», fuhr Tilo nach einem Moment fort, «schon von dem Unwetter in Griechenland gehört? Mazedonien, Griechenland, Türkei, Südeuropa auf alle Fälle. Irgendwo hat's sogar geschneit. Können wir bald Weihnachtsgeschenke kaufen. Würde denen so passen. Im Fernsehn schieben sie's auf den Klimawandel.»

Jutta, Arschgeweih und Büffelhüfte (erkläre ich Ihnen

jetzt nicht), sonst aber einhundertundfünf Prozent nett: «Weihnachten, das fehlte noch! Meine Kiddies ham im Juni, jetzt im August, und warte, das Mittlere hat im September Geburtstag. Wenn auch noch Weihnachten im Sommer ist, kann ich einpacken, Junge. Noch mal drei Geschenke mitten im Jahr – kannste knicken!»

«Es schneit mal da unten», deklamierte Tilo. «Na und? Soll vorkommen. Die machen ein Bohei, als wär's das Ende von der Welt.»

Während man aus Tilo nur vor und nach der Arbeit etwas herausbekam, meistens handelte es sich um Verschwörungstheorien, erzählte Jutta während der Arbeit für gewöhnlich stundenlang, und das fast ausschließlich von ihren Kindern, die allesamt unterschiedliche Väter hatten. Sie schien den Moment, an dem es Zeit gewesen wäre, nach Hause zu gehen oder in den Kindergarten, um die Kleinste abzuholen, immer ein bisschen hinauszuzögern. Wahrscheinlich war es leichter, über die Kinder zu reden, als sie zu erziehen. Auch wenn ich nicht groß auf ihre Geschichten einging, die sie von ihnen, Sean, dem Mittleren (der Name fällt kaum) und der kleinen Zoe, erzählte, hörte ich ihr gerne zu.

«Ich denke, wir haben Klimawandel.»

«Verdammter Weihnachtsmann!», sagte Jutta, und ich wünschte, ich könnte ihr etwas abnehmen, wusste aber nicht, wie. Und was.

«Liegt das nun an der Erderwärmung, oder wie sieht's aus? Sagst 'n du dazu, Professor?», wandte sich Tilo an mich. Ich glaube, er fand es witzig, einen Brillenträger Professor zu nennen. Da ich nicht zackig und mit Aplomb antwortete, meinte Tilo mich erinnern zu müssen und knallte seine Hand, Juttas Busen streifend, gegen meinen Arm. «Was sagst 'n? Den ganzen Tag nur 'n Gesicht ziehn is nich.»

Ich antwortete: «Mir egal.»

Aber Tilo ließ nicht locker: «Wie, was egal, dazu musste doch 'ne Meinung haben. Im Sommer schneit's in Südeuropa, am Gardasee gab's Hagelschlag mit zweiunddreißig Verletzten, siebenhundert Gramm schwere Ömmesse. Und die sagen immer noch Klimaerwärmung. Gibt's das nun oder nich? Geht das alles 'n Bach runter oder nich? Ich sag dir was, die wissen 'n Scheiß, wissen die, sag ich dir. Die Saurier sind auch ausgestorben, Achtung, wegen 'ner *Eis*zeit.»

«Komet», verbesserte Jutta. «Mein Sean geht mir damit immer auf die Ketten. Es war ein Komet, der die Erde getroffen hat. Die Eiszeit kam Millionen Jahre später.»

Tilo langte noch mal zu mir rüber. Jutta lehnte sich, ihre Theke schützend, nach hinten und sagte genervt: «Hackt's noch, Junge?!»

Ich äußerte, dass ich dazu keine Meinung hätte. «Und wenn sie sagen, wir haben Klimaerwärmung», fügte ich hinzu, «haben wir Klimaerwärmung.» Damit war das Thema für mich erledigt, und ich warf einen Blick auf die Straße, wo gerade Nicole mit einem anderen Mädchen vorbeiging, schlich.

Ich erkannte sie sofort. Mir stockte der Atem.

Schnell sah ich von ihr weg, auf mein Bier. Einen Vorwand suchend, meine Augen woandershin, von mir aus auf Tilo, richten zu können, sagte ich: «Die ballern so viel Scheiße in die Luft ...»

Tilo: «Ach, das is doch vorbei ...»

Jutta: «Von wegen!»

Ich: «Irgendwann kommt halt die Quittung. Verspätet, aber sie kommt. Kuck dir doch die ganzen Asthmatikerkinder an, die Allergien und Nahrungsmittelunverträglichkeiten. Wenn wir das schon merken, irgendwann merkt's auch das Wetter.»

Tilo hatte sein Fressen gefunden: «Allergien!» Er winkte ab.

«Da dran glaubste auch nicht? Mein Sean hat Schimmelpilze, meine Kleine Hausstaub.»

Tilo erklärte, dass er das alles für hausgemachten Unfug hielt. «Krankheiten, Kriege, Katastrophen. Die hat's schon immer gegeben. Ich sag dir was. Wenn du mich fragst, werden die Dinge hochgespielt, weil sie für irgendwas anderes gebraucht werden. Bissel Schnee, und alle drehn an der Uhr. Und dann muss man sich auch noch was einfallen lassen wegen der Erderwärmung. Die Rechnung muss ja noch aufgehn. Erderwärmung. Weißte, wie viele Leute sich damit befassen? Wie viele Jobs in weißichnich was für Gremiums (sic!) und Forschungsdingern das sind. Die wissen 'n Scheiß, wissen die, aber das können sie nicht sagen, denn sonst wären ihre ganzen fett bezahlten Jobs weg, sag ich dir. Dabei: Wenn's passiert, gibt's 'n großen Knall, und die sind als Erste weg. Bums, das war's. Die Wissenschaftler sind genauso dran wie die Politiker und die Aufsichtsräte. Was wissen die vom Leben? Was wissen die vom *Über*leben? Da wird nich diskutiert, da heißt es: jeder gegen jeden.»

Er legte eine kleine Pause ein. Ich hielt den Kopf gesenkt. «Die Einzigen, die 'ne Chance haben, da durchzukommen», fuhr Tilo düster fort, «das sind die, die eh schon zusehen müssen, wie sie 'n Kopf über Wasser halten. Die's Holz aus'm Wald klauen. Die zu Hause Marmelade einkochen, Obst, Gemüse, einen Weinballon ansetzen. Die kommen durch.»

«Mit Marmelade», sagte ich. Ein schneller Blick auf Nicole, sie war stehen geblieben und noch immer im Gespräch.

«Die quatschen jedenfalls nicht die ganze Zeit von solchem Käse wie Klimawandel, o weh und hach. Wenn ihr mich fragt, ist das mit dem Weltuntergang nichts weiter als 'n gutes Geschäft, aber mich fragt ja keiner.»

«Gott sei Dank», seufzte Jutta.

«Mich fragt ja keiner.»

«Haste meine Kleine mal bei 'nem Asthmaanfall erlebt?»

«Asthma. Allergien. Alles Kopfsache», schob Tilo trotzig das Kinn vor und malmte mit den übriggebliebenen Zähnen. «Alles Kopfsache», wiederholte er entschlossen und schien in eine abgründige, finstere Ferne zu blicken. Ich stierte zu Nicole hinüber. Sie hatte mich ebenfalls erkannt und wartete ab.

«Willste sagen, meine Kinder spinnen oder was?»

«Hab ich das gesagt?»

«Ja.»

«Hab ich das gesagt?», bemühte sich Tilo um meinen Beistand.

Nicole verabschiedete sich von ihrer Bekannten.

«Ich sag, dass alles 'ne *Kopf*sache ist, aber nich, dass deine Kinder spinnen. Is doch so, was, Professor?» Dass er mich zu seinem Komplizen machen wollte, wurde mir zunehmend unangenehm. «Wie wollen deine Kinder sich in der Welt, ich sag mal, *wohl*fühlen, sag ich mal, wenn die als Stifte schon sehen, wie alle Schiss haben, dass der Betrieb ja nicht krachen geht, dass die Stütze nicht gestrichen wird, dass der Vati den Unterhalt nicht zahlt ...»

Jutta machte «Pfft» und genehmigte sich einen Schluck. So viel zu Vätern.

«Ich will ja nichts sagen, Jutta.»

«Dafür quatschst du aber ganz schön viel, wenn der Tag lang ist», fuhr sie ihm in die Parade.

«Deine Kinder sind deine Kinder und nicht meine.»

«Will ich hoffen», entgegnete Jutta und fügte hinzu: «Irgendwo habe ich das schon mal gehört.»

Ein Hoch auf die Erzeuger.

«Aber mal vorsichtig ausgedrückt: Was sehen deine Kinder von ihrer Mutti?» Tilo legte eine bedeutungsschwangere Pause ein, beugte sich nach vorn und sah sie fragend an. Zum ersten Mal hatte ich den Eindruck, er wolle sie irgendwie beeindrucken. Jutta blähte die Backen und pustete sichtlich genervt aus. Gleich haut sie ihm eine rein, dachte ich.

Nicole ging die Straße nicht weiter, sie hielt direkt auf mich zu. Ich wusste nicht, wohin mit meinen Augen.

«Dass sie gestresst is, richtig. Mit der Arbeit. Mit'm Amt. Mit dem Vati. Den Vatis. Mit ihnen. Die Mutti, also du jetzt, ja, die hat ja gar keine richtige Zeit, sich um ihre Kinder zu kümmern, sag ich mal, und denen das Gefühl zu geben: Macht, was Kinder machen! Spielt! Nee, Mutti ist gestresst und hat keine Zeit und nichts. Auf Krankheiten stürzen sich alle wie die Geier, auch die Mutti. Das Kind hustet – mein Gott, es hat Hausstaub, es hat Schimmelpilze, sonst was, was, is scheißegal, aber mit einmal hat's 'ne Aufmerksamkeit, die's sonst nicht kriegt, sag ich mal. Die Aufmerksamkeit für die Krankheit und die Sorgen, das macht, sag ich, das macht krank. Das is mit'm Wetter genau nicht anders. Deswegen das Bohei mit dem bisschen Schnee, wenn du mich fragst.»

Nicole war schon ein Stück über die Wiese gegangen. Ich hatte offenbar keine Wahl und schnappte meinen Rucksack: «Also dann.»

«Aber mich fragt ja keiner. Willstu schon los?»

Jutta hob, ohne aufzublicken, schlapp die Hand, grüßend. Plötzlich schoss ihr etwas durch den Kopf: «Willste damit sagen, meine Tochter lügt, wenn sie aus'm letzten Loch pfeift?»

«Das hab ich nicht gesagt.»

Ich rutschte von der Bank und ließ den beiden freies Schussfeld.

«*Das* hab ich nicht gesagt!»

«Und ob du das gesagt hast», hörte ich Jutta.

«Hab ich nicht – du hörst mir ja nicht mal *zu*!»

«Weil du ein Dummschwätzer bist, Tilo! Hör dir doch selber mal zu ...»

Nicole stand mit gekreuzten Beinen da und wies auf die Flasche. Ich warf einen kritischen Blick auf die imaginäre Uhr an meinem Handgelenk.

Prompt streckte Nicole die Hand aus, sie vollführte mit ihr greifende Scherenbewegungen, wie ein Krebs, Richtung Bier. Ich reichte es ihr. Als sie den Kopf mitsamt ihren langen, dunklen Haaren nach hinten warf, um zu trinken, sah sie mich aus halb geschlossenen Augen an.

«Und jetzt?», fragte sie in dem gleichen herausfordernden Ton, als würden wir wieder, wie ein paar Wochen zuvor, vor ihrer Tür stehen, außer Atem, unsere Münder nass bis übers Kinn, es brannte. Sie sagte, sie wäre gerade von der Berufsschule gekommen, Ausfall letzte Stunde. Ich brachte kein Wort über die Lippen.

«Dicke Eier – Weihnachtsfeier!», grölte hinter mir Tilo. Er stand auf der Bank und reckte seinerseits, ich war von den Dingern umstellt, die Flasche in die Luft, Freiheitsstatue. Sein Streit mit Jutta schien vorüber oder in die Halbzeit gegangen zu sein, denn auch sie bleckte breit grinsend die Zähne. Tilo sprang von der Bank und legte mir nichts, dir nichts seinen Arm um Jutta, die es über sich ergehen ließ. Hatte ich was verpasst?

Nicole lachte. Sie sah, dass mir die Situation nicht sonderlich gefiel, und sagte: «Du willst mich wohl ein Stück begleiten?» Ich zuckte die Schultern und ging mit ihr den Weg in der Grünanlage entlang Richtung Straße.

Sie werden es vielleicht schon erraten haben: Ich hatte was mit Nicole. Was genau, weiß ich auch nicht. Ich schätze, das war unser Problem. So viel sei erklärt: Nicole steckte in der Ausbildung zur Krankenschwester in einem Therapiezentrum. Eigentlich wollte sie in die Pädiatrie, aber welche junge Dame will nicht gerne die schnuckeligsten aller greifbaren Patienten trösten, und so blieben ihr, konkurrenzbedingt, nur die Alkoholiker und Schlaganfälle mit den neurologischen Problemen, ein paar Depressionen und Zwangsneurosen waren auch dabei. Ehrlich gesagt glaubte ich, Nicole war da viel besser aufgehoben. (Ich sag das zu oft, was? Ehrlich gesagt.) Ein paar Tage bevor Paps die Erika eingefallen war, hatten wir uns bei einem Konzert in Halle kennengelernt, bei dem eine Doors-Coverband spielte. Ich war nur wegen der Musik hingefahren und hatte damit gerechnet, zwischen Fünfzigjährigen zu stehen, aber der Laden, ein *Studentenclub* in der Moritzburg, war proppenvoll mit jungen Leuten, die alle den Film mit Val Kilmer auswendig kannten, und es entbehrte nicht einiger Ironie, den Satz «Wie viele Menschen wissen, dass sie leben?» aus den Mündern so vieler Personen an einem Abend zu hören, dass ich zu glauben versucht war, jemand hätte sie zuvor im Chor abgerichtet. Ich verstand zwar nicht, warum der Sänger einer Coverband auch versuchen musste, genauso auszusehen und sich in seiner engen (zu engen) Lederhose und in seinem Rüschchenhemd ebenso reptilienhaft zu bewegen wie der Sänger des Originals (oder Val Kilmer), aber das war mir nach ein paar Gängen zum Bartresen nicht mehr so wichtig. Als die Band sich nach der gefühlt zweiundfünfzigsten Zugabe und – wer hätte es geahnt? – mit «When the Music's Over» verabschiedet hatte und der DJ, ein putziges, hyperaktives Kerlchen mit runder Nickelbrille, weitere Hits vergangener Jahrzehnte auflegte, meine hochgradig alberne Generation «Lollipop» und «Hey, heeey, Baby!» grölend nie gebrauchte Hüften schwang, betrat ich die Tanzfläche höchstens noch, um in einem Abwasch zur Toilette und zur Bar zu gelangen. Ich hatte meinen Platz in einer altertümlichen Schießscharte gefunden und war fest entschlossen, noch eine gute Stunde rumzubringen, bis der nächste Zug nach Hause fuhr, da knallten erst ein paar Blicke, dann Worte – Was machste so? Ach, du kommst auch aus Bitterfeld? – und schließlich Nicoles und meine Schneidezähne aneinander. Ihr Atem blies in meinen Mund, kalter Rauch. Aus einer Stunde wurden zwei, aus einem Nachhauseweg allein in der Regionalbahn eine Fahrt zu zweit. Am Bahnhof war ich einfach mit ihr mitgegangen. Und später hatte sie in der Küche ihrer WG auf meinem Schoß gesessen, im Bad lief das Wasser in die Wanne, ihr Telefon lag auf dem Küchentisch, wir tranken Rotwein aus einer Flasche mit schiefem Hals. Obwohl Nicole eher ein Oasis-und-Blur-Fan war, spielte eine Mix-CD noch mal «L. A. Woman» und weitere Hits, die zum Beginn des Abends passten, und wir knutschten. Ab und zu griff sie ihr Telefon, um SMS zu tippeln, an ihre Mitbewohnerin, einen Freund hier und einen anderen Freund da, es sei auf jeden Fall sehr wichtig und ginge ganz schnell ... Während ihr Daumen über die Tasten huschte, versuchte sie, mich in die komplexen Zusammenhänge ihres sozialen Umfeldes einzuführen: Freundinnen und Freunde, Exfreunde von Freundinnen, die jetzt die Freunde anderer Freundinnen waren. Außer, dass sich die meisten dieser Leute meiner bescheidenen Ansicht nach gegenseitig kräftig verarschten, verstand ich nur Bahnhof. In diese Welt willst du gar nicht, dachte ich, und dann dachte ich an das Wasser in der Wanne, hörte das Rauschen, hörte ihr Tippeln auf den kleinen Tasten, das endlose Solo von «Stairway to Heaven», und ich wusste nicht mehr ... Ich stand auf und verabschiedete mich. Nicole war darüber gelinde gesagt etwas erstaunt (O-Ton: «Hä? Was ist denn jetzt abgebrochen?»). Fertig, aus.

Seitdem hatte ich gehofft und gefürchtet, sie wiederzusehen. Jetzt war es so weit, und wieder ... Warum schreibe ich das alles? Die Kurzversion der Geschichte können Sie sich schon bei Billy Wilder holen, sie lautet: Junge trifft Mädchen, *aber* ... Und das Aber hieß allem Anschein nach Phillip (das ist mein Name, falls Ihnen das zuvor entgangen sein sollte).

Wir erreichten die Straße, und Nicole sagte, dass man lange nichts mehr voneinander gehört hätte. Ich nickte. Dass es sechsundzwanzigeinhalb Tage waren, behielt ich für mich und versuchte zu lächeln, wusste aber nicht, ob es nach meinem Abgang neulich auch angebracht war. Sie warf ihre Haare über die Schulter, das mochte ich. Dann fragte sie, ob sie irgendwas falsch gemacht hätte.

«Du nicht», entgegnete ich, und ihre Hand streifte meine. Sie trug denselben karierten Rock über ihrer Jeans wie beim Konzert.

«Dann hast du was falsch gemacht?»

«Hm», brummte ich.

«Du brauchst ja nicht gleich auf die Knie zu fallen, weil du es bereust, mich einfach sitzengelassen zu haben.»

«Mist.»

«Was?»

«Hatte ich gerade vor.»

«Mach.»

«Jetzt ist zu spät», antwortete ich. Mehr oder weniger.

«Was?»

«Jetzt ist es zu spät.»

«Wer sagt das?»

Ich gab ihr einen Blick: Was sollte die Frage?

«Von mir aus nicht», sagte Nicole. «Von mir aus kannst du jetzt damit anfangen. Wäre doch witzig.»

«Ha-ha.» Ich ironisierte tatsächlich wie ein Sechzehnjähriger. Was war nur los mit mir?

Nicole blieb stehen, ließ ihre Tasche von der Schulter rutschen und schwang den Riemen dominamäßig, also wie eine Peitsche. Dabei machte sie Knallgeräusche mit dem Mund.

Ich ließ mich nicht darauf ein, sondern trottete unbeirrt weiter geradeaus. Dass Nicole mir hinterherlaufen musste, wenn sie das Gespräch fortsetzen wollte, tat mir ziemlich leid. Ich dachte sogar: Warum bin ich nur so ein verfluchter Idiot? Aber ich sagte es nicht. Ich sage recht selten, was ich wirklich denke. Das liegt nicht unbedingt daran, dass ich mit meinen Gedanken hinterm Berg halten möchte, gar nicht, sondern daran, dass ich mir meistens erst nach einer Ewigkeit über eine Sache im Klaren bin. Ich schätze, das ist Teil meines Problems (welches Sie mir jetzt vielleicht nicht abkaufen, weil ich hier für meine Begriffe recht großspurig auffahre, um Satz an Satz zu reihen, und, obwohl ich das eigentlich nicht vorhatte, quasi ebenso schamlos meine Seele vor Ihnen ausbreite wie André Hellinger vor allen möglichen Leuten seine versehrten Knöchel).

«Okay, du bereust es», holte Nicole mich ein.

Mein Gott, müssen mich diese Bodenplatten gefesselt haben: Ich sah nicht auf.

«Bereust du's?»

Ich rang mir eine Antwort ab: «Jep.»

Alle meine Schweißporen öffneten sich wie die Schleusen eines Staudamms.

«Kommen wir zur alles entscheidenden Frage», imitierte Nicole die Showmasterin einer Quizshow und trat dabei vor mich: «Wa-rum?»

Ich zuckte die Schultern.

«Nicht so voreilig. Sie haben sich doch noch gar nicht die drei möglichen Antworten angehört», lief Nicole rückwärts vor mir her, ich schätze, weil sie so mein Gesicht besser in Augenschein nehmen konnte. «Ist es a) weil Sie im

Endeffekt doch mit dieser heißen Schnalle ein wunderbares Schaumbad nehmen wollten (vor allem auf das Schaumbad hatten Sie's abgesehen), aber Sie hatten sich die Zehennägel nicht geschnitten, oder b) so heiß ist die Schnalle gar nicht, aber Sie hätten dies zuvor besser kommunizieren sollen …»

«Ich hab doch gesagt …»

«Oder ist es …?»

«Es ist nichts mit dir.»

«Na, na, na, ausreden lassen. Oder ist es c) Sie sind ein –»

«Vorsicht, Tretmine.»

«Massenmörder, der einen Rückzieher gemacht hat?»

Ich schob sie beiseite, damit sie nicht in den Hundehaufen trat. Bei der Gelegenheit schlüpfte ich an ihr vorbei. Nicole fiel wieder hinter mich zurück. «Was soll's, es bringt alles nichts, was?»

«Jep.»

«Was ist es dann?»

Ich wusste es nicht. Ich wusste nicht, wie ich es sagen sollte.

Also schwiegen wir. Sie holte wieder auf. Und ein paar Meter gingen wir so nebeneinanderher, das mochte ich auch. Ich musste nicht nach Worten suchen, und sie musste sich nicht anstrengen, welche aus mir herauszukriegen. Ich hätte nichts dagegen gehabt, den ganzen Tag so mit ihr durch die Gegend zu laufen. Ein paar Augenblicke war es gut, so wie es war.

«Ist irgendwas passiert oder so was?», fasste Nicole noch mal nach.

Ich schüttelte den Kopf. Einem mir unerfindlichen Impuls folgend, sagte ich: «Mein Vater hat einen Brief an Margot Honecker geschrieben, also alles beim Alten.»

«Wen?»

«Margot. Erichs Frau.» Ich war selber überrascht, dass ich das erzählte.

Nicole lachte. «Lebt die?»

«Glaube, ja.»

«Aber ist sie nicht in Kolumbien oder so?»

«Chile.»

Wieder lachte sie.

«Und was steht drin?»

«Kram. Wie's ihm geht und so.»

«Hat sie geantwortet?»

«Hm?»

«Ob sie geantwortet hat.»

«Ich hab ihn nicht abgeschickt.»

Sie lachte schon wieder. Und wenn ihr Lachen beim ersten Mal noch (entschuldigen Sie die abgelutschte Formulierung) wie Musik in meinen Ohren geklungen hatte, erschien es mir nun eine Spur zu laut. Schließlich ging es ja um meinen Vater. Um die Sache ins richtige Licht zu rücken, sagte ich: «Ich find's nicht so lustig.»

«Entschuldige.» Sie lachte weiter und fragte: «Ist er ein Fan von ihr?»

«Ich finde das wirklich nicht so witzig.»

«Und *deswegen* bist du beim letzten Mal abgehauen?»

«Das ist eine andere Baustelle.»

Pause. Pause. Pause.

«Baustellen gibt's genug auf der Welt. Mich würde interessieren, was auf dieser gebaut wird», blieb Nicole stehen und hielt mich fest, sodass auch meine Beine anhielten.

«Nichts.» Was nur der halben Wahrheit entsprach, denn eigentlich sollte es heißen: Im *Moment*, das sehen wir ja beide, wird dort nichts gebaut, aber … (Siehe oben.)

Wie abzusehen bekam Nicole die Antwort in den falschen Hals. Sie wiederholte mein «Nichts» und sah mich mit geneigtem Kopf von der Seite an. Als meine Erklärung ausblieb – ich trat mir gedanklich zehntausendmal in den Arsch –, schnippte sie mit dem Finger, à la: Da hätte ich ja eher draufkommen können, und schnurrte in sich hinein: «Warum muss ich nur immer an so komplizierte Typen geraten?»

Raten Sie: Ich antwortete nicht. Zum einen hatte ich bis zu diesem Zeitpunkt (zum Glück) noch keinen blassen Schimmer von ihrer bisherigen Quote in Sachen komplizierte Typen, zum anderen glaubte ich, bei mir läge sie damit völlig falsch. Das Gegenteil schien mir so offenkundig wie eine schöne Fleischwunde auf der Stirn: Einfacher und einfallsloser als ich konnte ein Mensch doch kaum sein. (Drittens war ich solche Gespräche nicht gewohnt. Hm.)

Ob ich ihr sonst noch was zu sagen hätte, hakte sie mit aufgesetztem Lächeln nach und setzte hinzu: «Irgendwas?»

«Nein.»

«Na dann.» Sie kickte eine leere Dose übers Kopfsteinpflaster. «Tschüs.» Nicole hatte genug. Und alles, was ich aus dieser Unterhaltung herausschlagen konnte, war ein Blick auf ihre formschöne Kehrseite beim Weggehen.

Früher hätte ich mich in so einer Situation ohne Zögern auf dem Boden gewälzt und übertrieben melodramatisch

Bitte-vergib-mir geschrien, aber der Enthusiasmus dieser Art war wahrscheinlich irgendwo in süßlichem Rauch aufgegangen, oder er hatte sich auf dem Weg von hier nach, äh, hier in zu vielen Grübeleien, zu viel Fernsehen, ich weiß es nicht genau, aus dem Staub gemacht. Die Sonne strahlte, eine Amsel lachte sich schlapp, und ich war wieder eine Sorge los: die, ob und, wenn ja, was genau aus mir und Nicole werden würde.

Als ich am Abend, zwei Hasseröder vom Vietcong und dreißigtausend Selbstvorwürfe später, in unsere Straße bog, und darauf wollte ich eigentlich hinaus, wurde sie wieder von unserem Wohnzimmerfenster aus mit der Erika unter Sperrfeuer genommen: Rattatattat.

Liebe Frau Honecker,

ich hoffe, Sie nic ht mit meinen Briefen zu belästigen. Auf mein letztes Scheiben haben Sie mir bislang keine XXXXX Antwort gegeben. vVielleicht ist er nicht angekommen. Vorstellbar auch, dass Sie vor lauter "Fanpost" (neudeutsch) noch nicht zueiner Antwort gekommen sind. Ich hoffe, es geht Ihnen gut und Sie genieszen das süd-amerikanische Wetter, das ich mir einfach traumhaft vorstelle wie auch die berühmte Herzlichkeit der Einwohner. Ich stelle Sie mir in einem kleinen einfachen Landhaus vor, in welchem Sie mit Ihren Gastgebern ein ruhiges und angenehmes leben verbringen. Eine besch uliche Veranda mit Blick

auf einen kleinen, XXXXXXX gepflegten Garten.
Sicherlich ist der Reichtum, den die Schätze
der dortigen Natur bieten, umso vieles mehr
grö s zer als bei uns "heeme." Wahrscheinlich
schieszen die Erdbeeren ganzjährig nur so
aus der Erde.. Und wahrscheinlich ist es ein
bissel ironisch, dasz Soie sich vor Bananen
gar nicht mehr retten können. Sie werden entschuldigen, wenn ich in Ihre gegenwärtige
Situation zuviel hineininterbretiere. In den
Medien kriegt man hierzulande sicherlich ein
sehr verzerrtes Bild der wirklichen dortigen
chilenischen Verhältnisse XXXXXXXXXX mit.
Wenn überhaupt. Jedenfalls, das möchte ich
Ihnen mitteilen, scheiszenscheisssischeisss-
zem

Der Wind klappte die Seite um, aber das war egal, denn es kam nichts mehr. Ich hatte das Blatt als Knäuel aus der Topfpflanze gezogen, nachdem der Dichter mit Einkaufstaschen aus Leder in der Hand die Wohnung verlassen hatte, um Pfandflaschen wegzubringen und ein paar neue Sternburg zu holen. In meinem Besitz befanden sich noch zwei weitere zusammengeknüllte Blätter, mehr wollte ich nicht mitgehen lassen, damit es nicht auffiel. Nun saß ich damit wieder am Kanal, starrte entgeistert auf das sinnlose Geschwafel über Bananen und rutschte erschrocken im Ufergras zurück, meine Füße hatte ich aus Versehen kurz ins Wasser gedippt. Ich überflog den Brief noch mal und widmete mich danach der eigentlichen Sendung, die er mir diesmal in Auftrag gegeben hatte, einem Päckchen. Ich sollte es nach der Arbeit zur Post bringen. Der handliche Karton war alt, an einer Ecke schwarz angegangen – vermutlich aus dem Keller. Ich ritzte das Klebeband mit meinem Schlüssel der Länge nach auf und fand eine Konservendose. Aufschrift zu einer potthässlichen Abbildung: *Kohlroulladen. Zwei Stück. Von Meisterhand.* Ein weiterer Brief lag in einem offenen Kuvert bei, ziemlich dick.

Liebe Margot!
Ich bedauere, dasz ich von Ihnen keine Antwort auf meinen letzten Brief erhalten habe. Ich hoffe, es geht Ihnen gesundheitllicvh gut , und auch sonst. Nun XXX will ich Klartext mit Ihnen sprechen!
Ein paar Worte vorweg,.
Die Sportart Ringen war mein Lebensinbegriff seitdem ich secghsX Jahre alt war. Ich nahm an diversen verscheuidnen Wettkämpfen hier in Bitterfeld teil, wurde dann als vielversprechendes Talent eingestuft und kam kam in die Jugendsportschule in Halle und folgte somit einer guten TraditionXXXXXXXX Mein Vater schon erzählte ellenlang von einem Werner Rosowski aus dem Erzgebirge, der für den Halleschen SC auf die Matte stieg. Klassicher Stil, freier Stil. Und in die Jugendsportschule wo Namen wie Bobrich und Probst, Syring und Radschnunat zum Qualitätsbegriff wurden hatte ich eine Zeitlang einen XXXXXäausserst

guten Stand. Ich sah Probst beim Training zu, ich hatte das Glück mit allen gro szen DDR-Talenten von userm Verein zusammen zu trainueren. Fdabei
fiel nicht seltend die schulische Leistung untern Tisch und XXXXXXXXXXXXXXXXXXXXXXXXX XXXXXXXXXXXXXXXXXXXXXXXXXXXXXXXXXXXXXXXXX als die Leistung sich nicht wie gewünscht weiterhin entwickelte, wurde ich sprichwörtlich fallen glassen wie eine heisse Kartoffel. Zurück in der normalen Schule kam ich nicht hinterher. Was zur Folge hatte, da z ich mich auchmit dem normalen Leben nicht mehr arangieren konnte. Dann kam die Zeit der Berufswahl und mir wurden ein-zwei Möglichkeiten nahe gelget. Ich konnte mich für eine Lehrstelle-bewerben. Es hat seine Zeit gedauert bisich mein Leben in den Gruiff kriegte. Jedoch ich kriegte es in den Grif.f
Und nun zu meinem eigentlichen Anliegen.
Nun sehe ich meinen sohn in einer ähnlichen Situation wie ich früher. Er hat keine realistische Option imn Leben. (Er ist XX 20) Redet von utopischen Aussichten für eine Kunsthochschule, wo er sich beworben hat. Dies nun schon zum zweiten Mal. Früher, mit etwa zwölf, dreizehn Jahren hat er wunderbare Videos mit unserer Heimkamera gedreht, die zum Schies zen waren. Mein sohn hielt sein gesamtes umfeld mit seinen Filmen auftrab. Ein

Film wurde aus Anlasz eines Jugendwettbewerbs
sogar im Fernsehn ausgesdtrahlt. Ständig rannte er mit einem Fotoapparat durch duie XXXXX
XXX Gegend. Aber in den letzten Jahren hat
dieser produktive umgang mit seinen Hobbys
und Interessen mehr und mehr nach-gelassen .
Ich nehme an nur der Wunsch blieb. Ich habe
seine Bewerbungsunterlagen gesehn. Ich musz
dazusagen, obwohl ich in meinem leben schon
jeder Menge technischer Zeichungen zugesicht
bekommen habe, ich verstehe nuicht viel von
der Kunst, Frau Honecker. Aber wenn jemand
sich mit ein paar Kugelschreiber-Kritzelein
auf einem alten pappkarton an einer staatlich
anerkannten Hoch-Schule bewirbt, sollte es m
mich doch sehr wundren, wenn er auch nur eine
formgemäsze absage erhälXtt. Nicht mal das
Anschreiben an die Uni-Leitung hat er anders
verffast. Er schrieb seine Bewerbung in gros-
zen handgeschriebenen DRUCKBU CHSTABEN auf
ein schon vergelbtes Blatt Papier als käme er
direkten wegs ich willnicht sagen auswas für
einer Einrichtung. .. Ich ahbe mich offen
gestanden geschämt. Wie gesagt, ich verstehe
nichts davon und ich will mich da XXXXXXXXXX
raushalten, aber micht treibt der verstXä-
ändliche, väterliche Wunsch an, nur das
beste für meinen Nachwuchs anzustreben . Und
so habe ich ihm einige male meine Meinung zur
Bewerbung mitzuteilen versuicht. Ich stiesz

jedoch auf spürbaren   wiederstand seinerseits. Insgesamt scheint seine Auffasung geprägt vom ausblenden der wirklichen , ihn umgebenden Verhältnisse.
Da er sein Abitur gerade mal so geschafft hat,wäre wohl eine Lehrstellensuzche am nächstliegenden. Was heutzutage selbst mit Abitur schwer genug ist!! ! Da er nichtsdregleichen in Angriff genommen hat steckt mein Sohn z.Z. in einer Arbeitsbeschaffungsmasznahme (ABM.) Von dieser seiner Tätgikeit hatte ich mir nichts besonderes erwartet, aber ich hoffte doch, dasz er aufgrund dieser X Arbeit zur besinnung kommt und sich nun mehr um etwas anständiges bemüht. Im gegenteil. Die arbeit ermüdet ihn XMXgXAXAMAMXMA genauso wie es vorher seine Freizeit getan hat. Nacvh meiner auffassung verplempert er seine zeit ohne auch nur den kliensten nutzen daraus zuziehen. Auch Freunde hat er meines wissens nach keine. Sie könnten ihm eventuelle neue Impulse setzen oder zu einer anderer Sichtweise anregen.Es kommt mir so vor als hätte er für sich schon beschloszen, "Das wird ncihts mehr." Als hätte er sich schon eingerichtet XAMXX mit seinem Leben wie es ist, hier in Bitterfeld und hier bei mir zuhause. Am liebsten würde ichihm auf deutsch gesagt einen Tritt in den Hintern verpaszen, was ich nicht wörtlich meine, sondern ihn "vor die

Tür" zu setzen. Aber ... Es steht ein negativer Efekt zu befürchten. Und damit meine ich das schlimmste, was sich ein Vater ausmalen kann. Ich habe den Föhn kaputt gemacht, damit er damit keinen Unsinn veranstaltet, wenn er sich im Bad einsperrt . Vor ein paar Jahren habe ich ihn mit aufgeritzten Armen gefunden und jeder Tag, den er aus dem Haus geht, ist für mich eine Qual . Wird er wieder kommen? Wird er "zugedröhnt" sein? Er hatteseine Zeit mitden Drogen und ich kann nur hoffenm, dasz diese vorbei ist. Er sagt es zumindestens. Wer weisz, wem er begegnet. (Leider gibt es regional ein paar "Glatzen".)
Frau Honecker, ich sehe wie er sich Gedanken macht. Ich glaube das ist sein wichtigstes Problem. Ich bin dadrauf gekommen, dasz er sich so verhäKlt wie er sich verhält, weil sich meine Erfahrubng vererbt hat auf ihn. Ähnlich erging es mir oftmals im Leben. Nun, hat mein Sohn jedoch nicht das "Glück" wie ich, von den gesellschaftlichen Kräften an der Hand genommen zu werden. Ein Teufelskreislauf.
Ich wende mich deshalb an Sie, Frau Genossin, weil ich mir wünsche, dasz Sie XXX als ehemalige oberste Verantwortliche für den Bereich der Volksbildung vor mir grade stehn. Dann kann ich meinem Sohn Ihre Antwort zeigen und ihm damit verdeutlichen, dasz nicht

ich und nicht er etwas grunsätzlich falscvh gemacht.hat.

MXXXXXXMMXXXXX Es grüszt Sie
Hermann F. Odetski

P.S. Damit Sie nicht glauben, ich schreibe Ihnen aus purer Boshaftigjkeit oder Eigennutz, habe ich Ihnen etwas in diesen Karton gepackt. Als kleine Bestechung. Ich wette, Sie würden einiges für eine ordentliche deutsche Mahlzeit geben!

Um ein bis fünf Dinge klarzustellen:

Eins: Was ein Vierzehnjähriger macht, der sich im Bad einsperrt, brauche ich bitte nicht auszumalen. Es hatte nichts mit einem Föhn zu tun.

Zweitens: Irgendwann, in einer sehr kurzen Death-Metal-Phase, habe ich mich ein paarmal geritzt (*Weist ihn ein!*). Wenn ich mich in dieser Hinsicht für etwas schämen sollte, dann dafür, wie mir der Humor der ganzen Metal-Sache entgehen konnte.

Drittens: Es stimmt beides, ich bin schon mal durch die Aufnahmeprüfung gerasselt, *und* er hat keine Ahnung von Kunst, geschweige denn von dem, wofür ich mich beworben habe (Medienkunst, lachen Sie nicht). Für ein anderes Studium reichen entweder meine Ambitionen oder meine Abiturnoten nicht. Letzteres hängt damit zusammen, dass ich

(viertens) ausgerechnet in den letzten beiden Schuljahren

massiv gekifft habe. Schlimm, schlimm, weiß ich, aber was soll man hier anderes machen? Ich dachte, es genügt, wenn ich zur Prüfungszeit die Kurve kriege. Es genügte nicht, und daher nennen wir mein Abitur einfach mal «so mittel». Trotzdem bin ich davon, also vom Kiffen, weg, sonst würde ich Ralf auch nicht meinen Ex-Kumpel Ralf nennen.

Und zum Schluss: Pardon, aber die meiste Zeit des Tages verbrachte ich eher damit, mir Gedanken um das Leben anderer Leute, zum Beispiel um das meines Vaters, zu machen, statt die Schuld für mein Versagen bei mir selber zu suchen, geschweige denn irgendwelchen suizidalen Absichten zu verfolgen.

Ende der Klarstellungen zu meiner Person.

Wieder war eine Welle des Flusses auf meine Schuhe geschwappt, wieder rutschte ich ein Stück das Ufer hinauf ins strohige Gras, wieder glitten meine Augen über den Brief, und noch immer wurde ich nicht schlau daraus. Zu allem Unglück begann es an diesem Nachmittag auch noch zu regnen. Ich raffte die Blätter zusammen, stopfte sie in den Karton, klemmte ihn unter mein T-Shirt und flüchtete mich unter eine Weide, wo ich die anderen beiden Zettel überflog, die ich Ihnen bislang verheimlicht habe. Hier kommen sie, der Ordnung halber (o nein, nicht noch eine Aufzählung!). Numero uno:

XXXXXX Sehr geehrte Frau Honceker du Pottsau dreckige

Römisch zwotens:

ist vor sieben Jahren rüber gemacht nach Bayern. Sie ist dorthin zur Arbeit im Gastronomiegewerbe gefahren, im ersten Jahr nur über den Sommer, um die Famili e zu unterstützen ... Im zweiten Jahr über die Saison von Ostern bis Oktober. Im dritten Jahr kam sie gar nicht mehr wieder. Ich hatte dem Leben, was sie im Westen führte, nichts entgegenzusetzen. Da Sie und Ihr Mann (möge er seine Ruhe haben, wo er ist) es vorgezogen haben und offensichtlich auch die nötigen moneytären Mittel hatten, sich ebenso abzusetzen, frage ich

Je mehr ich darüber nachdachte, umso verwirrter wurde ich: War er vielleicht, ohne dass ich es bemerkt hatte, übergeschnappt?

ALS ICH NACH HAUSE KAM und kurz entschlossen in den Papiercontainer stieg, war mir scheißenkalt. Er hatte oben aufgeräumt und sämtliche Zettel und Notizen weggeworfen. Dabei vermutete ich gerade in den Dingen, die er Frau H. dann doch lieber vorenthalten wollte, ein Stück Wahrheit über die Gründe seiner Schreiberei. Dass er sich aus Sorge um mich ausgerechnet an die ehemalige Frau Dingsbums wandte, wollte mir nicht in den Kopf. Es musste mehr geben. Mit durchnässtem Hemdsärmel wischte ich das Wasser von den Gläsern meiner Brille, was natürlich nicht viel half. Ich stopfte alle zerknüllten, mit der Erika beschriebenen

Zettel, die ich fand, in eine Plastiktüte vom REWE, die sich ins Altpapier verirrt hatte. (Normalerweise sind die Leute hier doch sogar mit ihrem Müll gründlich.) Als ich aus dem Container herausklettern wollte, fiel mir seine Angewohnheit ein, das Fernsehprogramm der kommenden zwei Wochen genau zu studieren. Also wühlte ich alle Fernsehzeitungen hervor und stopfte sie nass, wie sie inzwischen waren, zu den maschinenbeschriebenen Zetteln in den REWE-Beutel. Die Fernsehzeitung war die einzige Zeitschrift, die er sich leistete. Selbst die Mitteldeutsche, von der ich im Container lediglich ein paar Exemplare fand und in der ich trotz des unablässigen Regens, die Klappe des Containers als Schirm nutzend, blätterte (Schröder warnt USA vor militärischem Einsatz im Irak) und sogar ein paar Seiten herausriss, um sie später zu lesen, schien ihn nicht mehr zu interessieren.

Das Paket hatte ich unter dem Container geparkt, es war an der Unterseite durchnässt, und ich fragte mich, wo ich es deponieren könnte. Der Keller kam nicht in Frage, und nach allem, was in den Briefen stand, hielt ich es nicht mehr für ausgeschlossen, dass er sich tagsüber, während ich Rindenmulch harkte, in meinem Zimmer herumtrieb. Das Paket dort zu lagern schien also auch zu riskant. Als ich den Kopf hob und mich umsah, fiel mir das alte dreigeschossige Mietshaus gegenüber auf. Ich legte die REWE-Tüte schützend über den Karton und schlich um das Haus herum, dessen rechtes Nachbargrundstück brachlag, seitdem sie die alte Werkstatt, die es darauf einmal gegeben hatte, Backstein, das Dach schwarz vom Industriedreck, vor ein paar Jahren wegen Einsturzgefahr abgerissen (*rückgebaut*) hatten. Irgendwer muss bei der Verteilung der ABM-Aufträge geschlafen haben – im Hof wucherte es unverschämt grün um die verrosteten Wäscheständer herum. Die Hintertür war weder verrammelt noch zugemauert, sie stand sogar einen Spaltbreit offen, klemmte aber, und erst nach ein paar Stößen und Tritten hatte ich sie weit genug aufgestemmt, um hineinzuschlüpfen. Falls Sie sich auch gelegentlich in verlassenen Häusern herumtreiben, wissen Sie ja, wie es an solchen Orten aussieht (und in der Regel auch riecht). Im Treppenhaus lag Müll; Flaschen, Dosen und Kleiderfetzen bedeckten den Boden, eine ausgediente Matratze lehnte an der Wand, aber je tiefer ich in das Innere des Hauses vordrang, umso weniger chaotisch war es. Geradewegs steuerte ich auf die Wohnung der Frau aus dem Erdgeschoss zu. Ich habe schon von ihr erzählt, die Kittelschürzendame am Fenster. Auch ihre Tür stand offen, dahinter war es stockduster, weil die Fenster ja zugemauert worden waren. Ich zückte mein Feuerzeug, ratsch, ratsch, es war nass geworden. Sobald die kleine Flamme leuchtete, ärgerte ich mich darüber, mir vorher keine Kerze oder irgendwas Brennbares besorgt zu haben. Das Resultat fiel erwartungsgemäß aus. Ich erkannte lediglich die Schemen umherstehender Möbel, da pustete der nächste Windhauch meine kleine Fackel schon aus. Im Treppenhaus fand ich einen alten Topf, kramte ein paar Zeitungen zusammen (davon hatte ich ja jetzt genug), riss ein Stück Tapete von der Wand, und als all das im Topf brannte, trug ich ihn zurück in die Wohnung. Sie war noch komplett, na ja, eingerichtet ist vielleicht der falsche Ausdruck, in ihr befanden sich, sagen wir's mal so, noch die Möbel der Frau, auf deren Namen ich nicht kam. Zwar waren sie verstellt, einige sogar umgerissen und zerschlagen, mit großer Sicherheit durchwühlt. Aber sie waren noch da, und das kam mir seltsam vor, schließlich war die Frau seit ein paar Jahren tot. Kurz nachdem die liebe Mutti Ihres ehrenwerten Autors endgültig gepackt hatte (hach, jetzt kommt *die* Geschichte) und ihr innerdeutsches Exil aufgesucht hatte, starb sie. Unter meinem Fenster lehnte eine junge Frau rauchend an einem roten Polo, die ich von Fotos her kannte, eine der Kolleginnen meiner Mutter aus Bayern. Mama trug nach und nach Taschen voller Kleider, Handtücher, Schuhe, ihre Nähmaschine in einem Karton, eine Waschschüssel und lauter so Krams auf die Straße. Paps rührte sich nicht. Er schrie nicht, er schimpfte nicht, von Weinen ganz zu schweigen. Was ist nur in dich gefahren?, sagte er einmal, als sie mit einem Wäschesack, darin eine alte Gardine, aus dem Schlafzimmer kam. Sie stellte ihn ab und überlegte, ob sie etwas entgegnen konnte. Konnte sie nicht. Wollte sie nicht. Ich hatte keine Ahnung, wohin mit mir, und griff nach dem Ballen. So weit kommt's noch, sagte er, so weit kommt's wohl noch, der Junge trägt dir die Sachen raus ... Ich brachte das Ding, für welches Zuhause auch immer es bestimmt war, nach unten zur Frau am Polo, die ich auf neunzehn schätzte und im ersten Augenblick nicht unschick fand. Doch wie sie in breitem Sächsisch gruß- und umweglos fragte, ob es noch viel sei, war ich erstens enttäuscht und zweitens bereits wieder abgedampft, um die nächste Tasche zu hucken – sollten sie nur schnell wieder weg sein. Im Wohnzimmer sortierte meine Mutter einzelne Fotos aus dem Album. Dabei überhörte sie meinen Vater: Nimm's doch mit, nimm's einfach mit. Ein kleines Lachen entfuhr ihr, ein Lachen, dann hielt sie ein Bild hoch, zeigte es ihm. Seine Antwort blieb dieselbe: Nimm doch *alles* mit. Als ihr ganzes Zeug endlich unten war und meine Mutter abfahrtbereit neben dem Auto stand, wurde mir klar, dass die Sächsin auf der Rückbank Platz genug für jemand Drittes gelassen hatte. Mamas Hand in meiner war eiskalt. Mach's gut, sagte ich. Sie wischte sich über die Augen, die Sächsin riss einen Witz, Mama lachte komisch, ich wusste nicht, wieso, und ging wieder rauf. Die Wohnungstür war geschlossen. Ich klopfte, erst zaghaft wie einer, der zu spät zur Schule kam, dann stärker, ehe ich Paps' schleichenden Gang und seinen Griff an die Klinke hörte. Am nächsten Tag traf mein Vater Herrn Seifert beim Einkaufen und erfuhr, was mit der Frau gegenüber passiert war, in deren Wohnung ich nun zündelte. Krebs. Mein Vater teilte es mir während der Tagesschau mit: Frau Soundso (verflucht, ich komme nicht drauf) ist auch gestorben. Er schüttelte darüber den Kopf, wie über alle Nachrichten. *Auch!*

Im Flackerlicht des brennenden Kochtopfes wurde mir klar, dass niemand sich die Mühe gemacht hatte, sich um den Verbleib ihrer Sachen zu kümmern, abgesehen von Plünderern, die – wann eigentlich? – die Wohnung in diesen Zustand gebracht hatten, den Fernseher mitgenommen, brauchbare Gläser und Porzellan, vielleicht ein bisschen Schmuck, eine Uhr oder irgendwelchen Krimskrams, sie hatten die Polster auf der Suche nach geheimen Reserven zerschnitten, sämtliche Schubfächer aufgerissen – der Inhalt lag über dem Boden verstreut, Bücher, Zeitschriften, Kochrezepte aus Illustrierten, Tischdecken und Servietten, Fotos, das grinsende Gesicht eines Kindes, fünfziger Jahre, in kurzen Lederhosen, und Papiere. Papiere, Papiere, Papiere.

Alles, was von einem Menschen übrig blieb, waren Kontoauszüge, Versicherungsverträge, Rentenbescheide, Rechnungen, Mahnungen, ein paar Postkarten, wenige Briefe einer Frau aus Ingelheim, wahrscheinlich eine Schwester oder Tante. Auf dem Boden lag ein Fotoalbum, ich blätterte es durch. Um das Feuer in Gang zu halten, schien mir ein Gruppenbild von Herren in Wehrmachtsuniform gerade recht (*Kesselgulasch*, dachte ich), dazu packte ich noch einen Batzen von dem behördlichen Kram, der gewünschtermaßen zundermäßig brannte. Blieb noch der Karton für Margot, besser gesagt der Brief darin – wozu sollte ich einen Pappkarton verbrennen? Ich nahm also den Umschlag raus und hielt ihn über das Feuer. Die untere Ecke schmorte an, eine dünne Flamme lief eine gezackte Bahn am Rand des Kuverts entlang, fraß sich zusehends ins Innere. Dann muss irgendwas voodoomäßig von mir Besitz ergriffen haben: Ich konnte nicht. Geradezu panisch zuckte meine Hand mit dem Brief aus der Flamme. Ich versuchte, das Feuer auszuwedeln, was dem kleinen Schmorbrand nur mehr Sauerstoff verschaffte; diesen Fehler einsehend, warf ich den kokelnden Brief auf den Boden und trat hektisch, zu hektisch, mit meinen Arbeitsschuhen auf ihm herum – die Glut wollte ums Verrecken nicht aufgeben. Ich zerrte den Brief aus dem Umschlag und rettete, mit angeleckten Fingerkuppen, wenigstens einen Großteil davon.

Und warum?

Ich habe nicht die leiseste Ahnung.

Als Papas Werk wieder im Karton bei den Kohlrouladen lag, verstaute ich diesen auf der Anbauwand von Frau Weißichnich.

Eine Weile blieb ich noch in dem Zimmer hocken und sah zu, wie das Feuer im Topf verkrumpelte. Ich überlegte, ob ich vor dem Weggehen vielleicht draufschiffen sollte, aber das kam mir, mitten im Wohnzimmer der Frau ohne Namen, gelinde gesagt etwas krank vor.

Als ich aus dem Haus kam und Richtung Straße um die Ecke bog, stolperte ich über die Nylonleine, die Cäsar und Herrn Seifert aneinanderkettete. Sofort quiekte und kläffte der Hund los. Ich erschrak wie Hulle, schaffte es aber gerade noch, Herrn Seifert eine Entschuldigung hinzumurmeln, der mir ein entschiedenes «Du hast wohl nicht mehr alle Tassen im Schrank?! Wenn du nicht in der Lage bist, wie jeder normale Mensch gerade über den Fußweg zu gehen ...» an den Kopf knallte.

«Ich hab mich doch entschuldigt!», rief ich, weil ich es hasste, wenn solche Kleinigkeiten so wichtig genommen wurden, aber Kleinigkeiten werden hier sehr wichtig genommen, besonders im Nachhinein. Wahrscheinlich ermutigte ihn auch noch, dass ich mich fluchtartig von ihm entfernte: Das Schwein haut ab – schießt!

«Reiß dich zusammen, Junge», rief Herr Seifert, «bevor ich rüberkomme!»

«Ent-schul-di-gung!» Ich weiß, ich klang nicht mehr die Bohne reumütig.

«Ich komme gleich rüber!»

«Herr Seifert –», blieb ich vor unserer Haustür stehen und hob beschwichtigend die Hände auf Hüfthöhe, die REWE-Tüte baumelte gegen mein Bein, was mir sofort peinlich auffiel, schließlich könnte Herr Seifert mutmaßen, dass ich irgendwas aus dem Haus gegenüber mitgenommen hätte, und es später meinem Vater erzählen.

«Dir stehn wohl die Zähne zu enge, du Spund?»

«Es war ein Versehen, Herr Seifert –»

«Du kriegst gleich eins! Aus Versehen, du Knaller. Denkst wohl, die Straße gehört dir?»

«Ganz bestimmt, Herr Seifert», wühlte ich nach meinem Schlüssel.

«Auch noch frech werden, na, das hamwer gerne. Warte nur ab, wenn ich mal ein Wörtchen mit deim Alten rede, gibt's Wamse, Junge. Benimmst dich wie die Axt im Wald. Du bist nicht alleine auf der Welt.»

Er bekam von mir ein Nicken zur Antwort.

Bevor ich die Tür öffnete, warf ich einen schnellen Blick nach oben zu unserem Wohnzimmerfenster – es war zum Glück geschlossen, dahinter flackerte das Fernsehlicht.

«Ist doch wahr», hörte ich noch, wie Herr Seifert sich an den blaffenden Cäsar wandte: «Jaaa, schimpf du nur. Blöd können wir uns auch alleine kommen. Schimpfe. Nächstes Mal kriegt er 'n Arsch voll. Schimpfe, schimpfe ...»

MEIN BROCKHAUS DEFINIERTE Manie [griech. mania für *Raserei*] als übersteigerte Besessenheit von etwas oder auch als auffällige Gewohnheit. Na, wenn das nicht zutraf. Manische Depression oder wie es nun auch immer fachlich richtig heißen mag (mein Brockhaus war vom A&V und von daher ein bisschen alt), fand ich nur unter dem Eintrag, strengen Sie Ihre Zunge an: Zyklothymie. Alles, was darunter verstanden wurde, sollte sich in den Symptomen ähneln («v. a.

abnorme Verstimmtheit»), die sich in einem «phasenhaften Verlauf mit zwischengelagerter Rückbildung der Persönlichkeitsveränderung» ausdrückten. Aha. Ich überflog den Absatz und versuchte, gleich zu den Symptomen zu kommen. Die depressive Phase wurde für meine Begriffe fast einladend *Melancholie* genannt. Sie äußerte sich in Bewegungsarmut, gehemmter Affektivität, Antriebslosigkeit, eingleisigen Denkabläufen ... Alles, was zu einem kerngesunden Deutschen gehört. Als ich zum depressiven Wahnerleben kam, konnte ich mich nicht entscheiden, ob ich schallend lachen oder das Buch dem nächstbesten Häcksler zuführen sollte, weil dort «v. A. Verarmungswahn» angeführt wurde – als wäre es komplett verrückt, etwas zu fürchten, das hier jeden Zweiten traf. Um ehrlich zu sein, ab diesem Augenblick war mein Nachschlagewerk bei mir unten durch. Die manische Phase wurde mit einer «allgemeinen Steigerung des Lebensgefühls, des Antriebs und der Selbsteinschätzung mit Ideenflucht und Neigung zu sinnlosen Unternehmungen (z. B. Verschwendung)» beschrieben. Das halte ich hier nur der Vollständigkeit halber fest, sonst ging es mich nichts mehr an. Ich legte das Lexikon zur Seite und schlich ins Wohnzimmer.

Dort schlief Paps friedlich unter der Ostseedecke.

Im Fernsehen kommentierte die Wetterfee Bilder von Überschwemmungen in Tschechien sowie einen Niederschlagsrekord in Hamburg. Es würde noch schlimmer kommen, meinte sie und trat einen bedeutenden Halbschritt zur Seite, um der Europakarte Platz zu machen, denn: Tief Ilse, ihre Stimme ging in den Keller, befand sich im Anmarsch. Auf der Landkarte kräuselte sich ein breiter weißer Wirbel von Südosten Richtung Deutschland. Von Stürmen und Schneefall in Südeuropa war, im Gegensatz zu Tilos Behauptungen, genauso wenig die Rede wie ich bei meinem Vater Persönlichkeitsveränderungen oder eine allgemeine Steigerung des Lebensgefühls ausmachen konnte. Antriebsarmut, ja – wenn Sie das so nennen wollen. Und?

Zurück in meinem Zimmer, zog ich leise die Tür hinter mir zu. Dann breitete ich den Inhalt der REWE-Tüte aus und überflog die Zettel, es waren Schreibversuche. Das meiste davon kennen Sie, es handelte sich dem Inhalt nach um dieselben Briefe, die ich hier schon vorgelegt habe, nur waren ihm wahrscheinlich die Tipp- und Rechtschreibfehler so eklatant erschienen, dass er sich entschlossen haben musste, die Seite ganz aufzugeben. Hier und da hatte er etwas auf andere Weise formuliert, musste er über einen eigenen Schachtelsatz gestolpert sein – und weg damit, der Text brach mitten auf der Seite ab. Auf manchen der Zettel fand sich derselbe Inhalt wie im ersten oder zweiten Brief, nur war Paps ab einer bestimmten Stelle zu weit abgeschweift und ins Palavern geraten, über den Sinn und Unsinn meiner ABM-Tätigkeit zum Beispiel. Auf einem anderen Blatt, das ich für eines der ersten hielt, verhedderte er sich in Beschreibungen der Spartakiade, der Sportart Ringen, und verlor sich in der Erinnerung an noch mehr ehemalige Sportgrößen, die heute keiner mehr kennt – ein gewisser Ralf Buttgereit hatte es mit seinen Schwimmkünsten wohl ins Fernsehen der DDR geschafft, mein Vater fragte sich, was dieser Buttgereit denn heute damit anfing, was aus ihm geworden war.

Fangen Sie damit an, was Sie wollen, ich wurde daraus nicht schlau und stürzte mich auf die Fernsehzeitungen, sein eigentliches Medium, die ich nach Ausgaben sortierte und Heft für Heft nach Hinweisen auf seine psychische Verfassung durchforstete. Mit Kugelschreiber hatte er die Sendungen eingekreist, die ihm sehenswert erschienen. Meistens waren es Filme; obwohl nicht viel Gutes aus Amerika kam (sagt er), waren es amerikanische Actionfilme und Komödien, hin und wieder ein Thriller, *Das Schweigen der Lämmer*, *Basic Instinct*, *Jurassic Park*. So was. Fast alle markierten Filme hatte entweder er mir empfohlen, als ich jünger war, oder ich ihm, als ich etwas älter wurde; wir hatten sie alle schon ein paarmal zusammen gesehen, vor zehn Jahren oder vor zwei oder beides.

Rambo war in der vergangenen Woche gelaufen. Er hatte ihn eingekringelt. Obwohl wir jederzeit die Videokassette reinschieben konnten, hatte er an meiner Tür geklopft und Bescheid gesagt, dass es gleich anfinge. Ich hatte missmutig vor mich hin gebrummt, als wäre ich gerade mit etwas beschäftigt, das meine volle Aufmerksamkeit verlangte. (In Wahrheit zeichnete ich unmotiviert die rein fiktionalen ABM-Kräfte J., T. und P. im Disput mit der suizidalen Harke. Nicht der Rede wert.) Nach einigem Zögern war ich doch rübergegangen. An der Stelle, wo einer der Dorfpolizisten des Städtchens Hope, durch das John Rambo von Anfang an lediglich hatte durchlatschen wollen, von Rambos selbstgebauter Stolperfalle aufgespießt wurde, hielt ich mir nicht mehr brav die Augen zu wie damals, als er mich behutsam an den Film herangeführt hatte, ich war dreizehn oder so. Paps räusperte sich. Als John Rambo sich, nach einem Sturz von einer Klippe direkt in einem gewaltigen Nadelbaum landend, seinen aufgeschlitzten Oberarm eigenhändig zunähte, erkundigte mein Vater sich nach meiner Meinung über den Aufwand für die Maske. Ich antwortete, die Frage wäre doch eher, was der Film durch dieses Bild gewänne, und er war einen Moment lang eingeschnappt, weil er mich für einen Besserwisser hielt (zu Recht). Trotzdem kam es mir vor, als säße ich mit meinem besten Kollegen zusammen, Fachmänner unter sich, und wir hätten jahrelang nichts anderes getan – haben wir ja auch nicht. (Außerdem tippte ich, dass sie einfach ein Stück rohes Fleisch auf Rambos Oberarm geklebt hatten, in das er nach Herzenslust hineinstechen konnte. Wahrscheinlich Schwein, stimmte er zu.)

Um es kurz zu machen: Ich fand nichts. Nichts. Außer einer Sendung über Hitler, einer Doku über sein Privatleben, die aus dem Raster fiel, hatte er nichts markiert. Ich blätterte hin und her und sagte klischeemäßig leise: «Was zur …?» Dieselbe Doku tauchte in so ziemlich jeder Ausgabe auf, manchmal lief sie auf diesem Dokusender als Wiederholung zweimal am Tag. Ich konnte mich nicht erinnern, ihn jemals vor diesem Streifen gesehen zu haben. Da mein Vater eher das Gegenteil von rechts ist und sich, außer in Sachen Sport, nicht sonderlich für Geschichte interessiert, erklärte ich mir sein Interesse für des Führers Privatleben damit, dass ihm die Frequenz der Ausstrahlung aufgefallen sein musste, aber was schwafel ich hier? Was hatte ich erwartet?! Ich hatte mir etwas gewünscht: eine kleine handschriftliche Notiz am Rand, ein mickriges Ausrufezeichen oder ein einsames Fragezeichen neben irgendeinem dämlichen Film … Selbst das Kreuzworträtsel gab nichts her. Keine Hinweise, keine falschen Antworten, keine Botschaften seines Unbewussten. Jede Zelle war sauber und behutsam mit großen Druckbuchstaben ausgefüllt, auch wenn er das Lösungswort längst gefunden hatte. Jedes Hinweiskästchen auf die gesuchten Wörter war durchgestrichen. Ich stopfte das Zeug zurück in die REWE-Tüte. Scheißdochdrauf. Es waren nur zwei Briefe, oder nicht? Und dann, wenn ich ehrlich sein soll, nagte es doch in mir: *Wieso*?

Ich ging ins Wohnzimmer, knipste den Fernseher aus, aber als ich den Raum verlassen wollte, zögerte ich.

Seitdem ich das Kiffen seingelassen hatte, konnte ich an meinen zwei alkoholfreien Tagen in der Woche, an die ich mich peinlich genau hielt, sowieso nicht mehr auf Schlaf hoffen. Da spielte es keine Rolle, ob ich mich nun beeilte, in mein Zimmer zu gehen und das Nachtprogramm durchzuschalten oder ein paar Zeichnungen hinzukritzeln oder über einem Drehbuch zu brüten (einem von vier [schlechten]).

Ich setzte mich an den Esstisch.

Sein gespannter Bauch senkte und hob sich unter der Decke, sein Mund stand offen. Ein sanftes Beben durchzog seinen ganzen Körper, ein Stolperer im Rhythmus der Atmung, um danach, einen Gang runtergeschaltet, noch müheloser vor sich hin zu treiben: Im Schlaf kann uns die Welt mal, kreuzweise.

Ich legte meine Hände auf die Plastikdecke auf dem runden Tisch und wischte ein paar Krümel weg, die nicht da waren. Wahrscheinlich habe ich mir diese blöde Angewohnheit von ihm abgeguckt. Sie fiel mir an ihm zum ersten Mal richtig auf, als wir zusammen vor dem aufrecht stehenden Hörer unseres ersten schnurlosen Telefons saßen. Die

Stimme meiner Mutter schepperte durch den Lautsprecher, dass sie nur eine Woche freibekommen habe, in der wolle sie aber in jedem Fall vorbeikommen, wir sollten nur schon mal vorfahren. Im Hintergrund waren andere Stimmen zu hören. Kolleginnen, sagte sie fröhlich. Sie arbeitete zu der Zeit schon die zweite Saison irgendwo in Bayern in einem Hotel. Mein Vater starrte ungläubig auf den Hörer und fegte die imaginären Krümel vom Tisch. Dann fragte er, warum sie denn nicht nach Hause käme und dann führen wir alle zusammen, das wäre ein Abwasch und spare Geld. Nee, nee, fahrt ihr mal vor, macht Männerurlaub, sagte sie und wandte sich an die Kollegin: Gleich. Mein Vater fragte, wer das sei, und kehrte professionell am Tisch entlang, doch meine Mutter ging nicht weiter darauf ein. Er rieb sich die Handflächen, um die nicht existenten Krümel auch von dort zu entfernen, und verkündete, wir sollten die Sache ganz abblasen, er hätte sowieso kein Geld für Urlaub, wer keine Arbeit habe, der könne auch nicht in den Urlaub fahren. Er legte die Hände auf die Tischkante. Die Stimme meiner Mutter entgegnete federleicht, dass er das Geld vom gemeinsamen Familienkonto nehmen und sich nicht selbst im Wege stehen solle. Mach dir mal kein Kopp. Ich sah, wie sich seine Finger in die Tischkante krallten. Er konnte nicht, er wollte nicht nur nicht, er konnte es nicht. Das einzige Argument, mit dem sie ihn jetzt noch überreden konnte, war ich: Der Junge hat Ferien, sagte sie, soll er mit seinem Alten die ganze Zeit in der Bude hocken und sich langweilen? Ich selber war hin- und hergerissen, auf den Zeltplatz freute ich mich jedes Jahr, aber ehe mein Vater sich noch die Fingernägel ausbrach, wäre ich mit dem Fernsehen zu

Hause und ein paar Stunden am Kanal voll und ganz zufrieden gewesen, an dem ich schon damals Spaziergänge machte und vor mich hin träumte. Meine Mutter brauchte Tage, Wochen, unzählige Telefonate, bis er so weit war, mit mir alleine auf den Zeltplatz zu fahren und dort auf sie zu warten. An der Ostsee angekommen, bauten wir alles auf, rammten die Zeltstangen in den Boden, legten die Außenhaut darüber, Heringe rein, ein flutfester Graben und so weiter und so weiter. Wir richteten unseren Platz so her, wie wir es immer getan hatten – sie hätte bloß dazuzukommen brauchen. Einen Tag bevor sie losfahren wollte, unterhielt sich mein Vater mit meiner Mutter an der Campingplatztelefonzelle (Prä-Handy-Zeit) und erfuhr, dass sie noch einen Tag später käme, in zwei Tagen erst. Eine Kollegin aus dem Service wäre krank, meine Mutter müsse einspringen. Das Gesicht meines Vaters entgleiste. Ich hatte nicht gehört, was sie sagte, weil ich mich vor der Zelle herumtrieb, aber ich konnte es, das ist natürlich übertrieben, fast Wort für Wort an seinem Gesicht ablesen. Am nächsten Tag erreichten wir sie nicht. Da sie die Nummer kannte und mein Vater irgendjemandem die Nachricht hinterließ, dass sie uns um die Zeit anrufen sollte, lungerten wir zwei volle Stunden an der Telefonzelle herum, umkreisten sie und traten Steine aus dem Weg. Anfangs versuchte mein Vater noch, die Stimmung aufzuhellen, indem wir uns unterhielten, witzelten, wenn die anderen Camper auf ihren Fahrrädern oder mit schweren Einkaufstaschen vorbeikamen, indem wir gemeinsam Berliner scheiße fanden. Berliner hatten den Platz gegenüber unserm Zelt; die Eltern waren krebsrot von der Sonne, und ihre Kinder nannten mich Muskelbert und kicherten, wenn ich mit meiner Rolle Klopapier aufs Jetzt-können-Sie-sich's-ja-auch-denken-wohin marschierte und dabei meinen Bauch zu kaschieren versuchte, wie ich es von David Hasselhoff in Baywatch gesehen hatte, unten eingezogen, oben raus. Sobald das Hauptstadtthema durch war, warfen wir Kiefernzapfen, *Kienäppel*, in den Wald, wir versuchten, Bäume zu treffen und das Schildchen Waldbrandgefahr. Wir errieten Autokennzeichen, SK, Saalekreis, nannten wir *Stadtrandkanaken*, weil sie sowieso doof waren. Am Ende spielten wir Ich-sehe-was-was-du-nicht-siehst, aber irgendwann war alles Sichtbare schon dreimal benannt und alles Unsichtbare nicht länger zu verschweigen gewesen. Wutentbrannt hob er den Hörer ab, presste Münzen in den Schlitz, hämmerte die Nummern in die Tastatur und stauchte die nächstbeste Person zusammen, die sich am anderen Ende der Leitung meldete. Es war Mamas Chefin. Sie gab meinem Vater Kontra, das er auf diese Weise selten von einer Frau, noch dazu einer aus Bayern, bekommen haben dürfte, dann reichte die Chefin das Telefon weiter. Als Mama am nächsten Tag nicht zur vereinbarten Zeit anrief und am übernächsten Tag sagte, jetzt würde es sich ja auch nicht mehr lohnen, schien mein Vater fast erleichtert, schließlich hatte er es von Anfang an gesagt. Ich hab's gesagt! Ich hab's doch gesagt, wiederholte er und legte auf. Wir beschlossen, den Urlaub abzukürzen, hielten uns noch zwei Tage an die üblichen Rituale, aßen die Sprotten auf, die in der Kühlbox lagen, verfütterten deren Köpfe an die Möwen und sahen zu, wie das Licht im Leuchtturm anging. Danach kloppten wir Mau-Mau-Karten, ärgerten uns beim Brettspiel und auch sonst nicht mehr. Auf der Rückfahrt durfte ich vorne sitzen und einmal die Stunde nach einem passenden Radiosender suchen, den wir nun besser empfingen. Ruhig lagen seine Hände auf dem Lenker, ab und zu streichelte er das Auto auf der Armatur, wenn wieder hundert Kilometer geschafft waren: Gut gemacht. Obwohl ich es verstanden und ihm sogar beigestanden hätte, wenn er laut fluchend über sie hergezogen wäre, verlor er kein schlechtes Wort, und irgendwie bewunderte ich ihn dafür. Es war, als wüsste er schon, was kommen würde, und er trug es mit Anstand.

Gegen fünf Uhr morgens (ja, ich hab ziemliches Sitzfleisch und saß noch immer am selben Platz) erhob er sich plötzlich von der Couch wie aus einem Traum geschreckt. Ich sagte nichts. Er ging an mir vorbei ins Schlafzimmer, schien einen Blick auf das leere Doppelbett zu werfen, der lachsfarbene Überzug bedeckte Daunenkissen und -decke. Nach einem Schnaufer durch die Nase schlürfte er im Dunkeln zur Toilette. Er pinkelte, drückte die Spülung und fand den Weg zurück ins Wohnzimmer, ohne die Augen zu öffnen oder Licht gemacht zu haben. An mir vorbeistreichend, bemerkte er knapp: «Machstn du hier?», und legte sich zurück auf die Couch. Obwohl er sich weggedreht hatte, ließ mich das Ausbleiben der tiefen Atmung darauf schließen, dass er wach war. So blieben wir, jeder auf seinem Posten. Gegen sechs drehte er sich um und sah mich mit einem halb geöffneten linken Auge an. Halb sieben erhob er sich mit drei klaren Worten: «Mal Kaffee kochen.»

Dem stimmte ich zu.

Er unternahm heute nichts, was er nicht an jedem x-beliebigen anderen Morgen getan hätte, legte zwei Eier in den

Kochtopf, stellte die Eieruhr auf viereinhalb Minuten, stand aber schon mit einem Löffel bereit, bevor sie klingelte, um die Eier auf den Punkt genau aus dem Topf zu heben, in die Spüle mit der großmaschigen Anti-rutsch-Einlage zu platzieren und den Wasserhahn zum Abschrecken aufzudrehen. Wie jeden Morgen aß er seine zwei mit Wurst belegten Graubrote zum Ei, trank seinen Kaffee, und ich machte genau dasselbe. Genau dasselbe. Anderthalb Meter von uns beiden entfernt stand, wie ein handlicher, aber immer noch heißglühender Reaktor, die Schreibmaschine auf dem Linoleumboden. Ich versuchte, meine Gedanken zu ordnen und passende Fragen zu formen. Als ich den Mund öffnete, sagte er: «Nun sag.» Ich brachte kein Wort hervor. Mit heruntergeschlagenen Lidern tippte er die Brotkrumen vom Frühstücksbrettchen und krümelte sie in den Eierbecher zu den Schalen. Ich weiß nicht, ob er auf eine Antwort wartete. Zwei Sekunden später war er aufgestanden und brachte sein Frühstückszeug auf nur einem Weg in die Küche. Das Radio ging an, der Rocksender spielte ein Lied, das ich kannte.

Als ich schon an der Wohnungstür war, tauchte er noch mal im Flur auf:

«Wegen dem Paket.»

Mein Herz kam ins Stottern.

Ich sagte: «Hm?»

Er überlegte. Dann: «Hastes abgeschickt?»

«Sollte ich das nicht?»

«Jaja. Nun komm nich schon wieder zu spät.» Er warf mir etwas zu. Ich fing es, greif, fass, fass, geradeso mit der Armbeuge: Salamistullen in Brotpapier.

SEANS BILD BAMMELTE AN EINEM SCHLÜSSELANHÄNGER aus Juttas grüner Arbeitshose. Ich kippte eine Schubkarrenladung Rindenmulch aus, und Jutta harkte das Zeug zwischen die Büsche. Dann verschwand ich mit meiner Schubkarre zu Tilo, der am Transporter stand und den Mulch auf den Boden schaufelte.

Dabei kreisten meine Gedanken um den Schlüsselanhänger. Jutta hatte mir das Bild schon mal gezeigt, um zu verdeutlichen, dass Sean ein ganz normaler Junge war – sollte heißen: allen Sorgen zum Trotz. Auch ich hatte an dem Foto nichts Absonderliches feststellen können, jedenfalls nichts, was noch sonderbarer war als ein fahles, aschblondes Kind, das sich alle Mühe gab, der Aufforderung des Schulfotografen – «Nu mach mal ’n freundliches Jesicht für de Muddi» – Folge zu leisten. Mir ging durch den Kopf, dass Jutta mir zu dieser Gelegenheit auch erklärt hatte, warum sie nur ein Foto von Sean bei sich trug, obwohl es dafür zwei weitere Kandidaten gab. Die Kleinste, Zoe, hatte sie mir damals gesagt, ging noch in den Kindergarten, wo sie wegen ihres Stotterns gehänselt wurde. Im Kindergarten gab es keinen Schulfotografen. Punkt. Das Mittlere, Jessy (Jutta, die eigentlich so viel von ihren Kindern sprach, gab über dieses so wenig Auskunft, dass ich nicht mal weiß, ob es sich um einen Jungen oder ein Mädchen handelte, vermutlich gab es einfach keine Probleme mit ihm), hütete an dem Tag, an dem der Fotograf in die Schule kam, zu Hause einen Infekt. Bumm. Aus. Ich entsann mich, dass Jutta schon bei unserem damaligen Gespräch einen triftigeren Grund dafür angedeutet hatte, warum sie Sean bei sich trug: Falls er abhaut, kann ich ihn rumzeigen. Sie hatte gelacht.

Heute zog sie ein Gesicht wie ein Hackbrett. Fahrig und nervös verrichtete sie die Arbeit, hatte kein Lächeln für mich übrig wie sonst, manchmal, okay selten. Ihr Kopf war knallrot. Denn jetzt war Sean weg. Verschwunden.

«Was hat das Kind gegen mich?», fragte Jutta, als ich das nächste Mal mit der Schubkarre bei ihr anlangte, es war keine Phrase. «Was hab ich ihm getan?» Flehend sah sie mich an, als wäre ich der absolut richtige Mann fürs Erteilen von Absolutionen. Und da ich in ihren Augen schon Robe und eine enge Kragenbinde trug, hielt ich es für besser, die Klappe zu halten und zuzuhören, was das Mindeste war, was ich leisten konnte, aber auch schon alles. Ich stellte die Schubkarre ab. Jutta harkte weiter, der Schweiß perlte ihr über die sommersprossige Nase.

«Ich sterbe tausend Tode jeden Tag, was heute wieder ist. In der ersten geht er während dem Unterricht aufs Klo und kommt pitschnass zurück, weil er es irgendwie geschafft hat, das Waschbecken samt Armatur von der Wand zu reißen. Sechs Jahre alt. Das ganze Ding – *ab!* Das Kind – *trieft!*»

«Vielleicht ist er bei Freunden?», warf ich mit einer gehörigen Portion Optimismus ein, den ich mir selber nicht abnahm.

Jutta schüttelte sich, als hätte sie gerade herzhaft in eine Pampelmusenschale gebissen. Sie stemmte die Harke senkrecht in den Boden und die Hand in die Hüfte, pustete aus. Kleine Pause.

Ich warf einen Blick auf Tilo, der sich nicht von unserer Arbeitsniederlegung anstecken ließ und weiter Mulch vom Laster schaufelte. Jutta stocherte in einem Etui mit vorgestopften Zigaretten herum und bot mir eine an. Nein danke.

«Wo treibt er sich denn gerne rum?», hakte ich nach, in der Hoffnung, ihr beim aktuellen Verschwinden ihres Kindes helfen zu können. Aber Jutta winkte ab: «Wie er das letzte Mal weg war – ich hab ihn in der ganzen Stadt gesucht.»

«Und nicht gefunden?»

«Irgendwo zwischen Schule und zu Hause hat er sich in Luft aufgelöst. Kannste ...» (Ratsch, ratsch geht das Feuerzeug, die Kippe an.) «Kannste dir das vorstellen?

Ich nickte meschugge und bestätigte: «Weg ...»

«*Ver-schwun-den*. Ich hab die Kleinen zu Hause gelassen und bin den Schulweg hoch und runter, hoch und runter. Ich hab alle Hinterhöfe abgeklappert, in jedes verdammte Haus geguckt. Ich hab die ... Ich hab die Läden abgegrast, vielleicht guckt er sich Fußballkarten an – die kriegt er nicht, so eine Geldschinderei, aber manchmal steht er im Kiosk und guckt sich das Gelumpe an. Manchmal geht er zum Bäcker und kriegt 'ne Tüte Kuchenkrümel, haben wir früher auch gemacht.»

«Wer nicht?»

«Wer nicht? Ich also hin zu dem Kiosk. Nichts. Hin zu dem Bäcker ...»

«Auch nichts.»

«Zu. Es war ja kurz vor acht. Ich war überall, auf jedem Spielplatz, auf jeder Baustelle, am Bahnhof, beim Imbiss ... Ich war am Kanal, an der Goitzsche, ich hab übers Wasser gebrüllt: *Sean*, *Sean*. Ich hab bei ...»

«Und wo war er?», fragte ich. Aber, Sie haben's schon

gemerkt, ich war nur ein überflüssiger Stichwortgeber in Juttas Monolog.

«Ich hab bei wildfremden Leuten geklingelt. Ich hab wildfremde Kinder angehalten: Habt ihr meinen Sean gesehen? Hier auf dem Bild, das isser. Welcher Sean, hä? Nie gesehn, nie gehört. Ich war richtiggehend … Ich war vor Sorge richtig *krank.*»

«Krank, ja. Und wo …?»

«Ich dachte, gleich verliere ich noch komplett den *Verstand*. Ich bin nach Hause zurück und wollte den Minis nur was zu essen machen und dann ab ins Bett, damit ich weitersuchen kann. Und wie ich die Tür aufschließe, wer sitzt da gemütlich vor dem Lego?»

«Zu Hause?»

«Ganz genau, mein Sean.»

«Er war zu Hause?»

«*Er* ist gut. Wäre er mal alleine gewesen.»

«Vielleicht ist er jetzt auch zu Hause?»

«Nu warte doch mal … Zwei Polizisten hocken da bei mir auf der Couch. Die stehen auf und erklären mir, dass er mit so verbotenen polnischen Chinaböllern Vogelhäuser und Briefkästen in die Luft gejagt hat. Ich sag, nee, mein Sohn hat keine Chinaböller. Der hat kein Geld für so was. Der sitzt doch da und spielt mit Legosteinchen. Der eine Bulle hat mich so wütend gemacht. So 'n Superschlauer. Und diese Sprache. Diese *Sprache*. Später hat er mir erzählt, dass er an irgendwelche großen Jungs geraten war, mein Sean, die haben ihn angestachelt. Und wen erwischen sie? War doch klar, wen sie erwischen, der Papst ist auch katholisch. Sie erwischen meinen Sean. Und ich durfte mir Dings äh … Ich konnte mir Vorwürfe anhören. Verletzung der Aufsichtspflicht, laber, laber. Verschwitzt und völlig fertig mit den Nerven stehe ich da und … Ich schreie. Ich kann mir selber beim Schreien zuhören, aber ich kann nichts machen, nicht aufhören zu schreien. Ich schreie rum, ich schreie die Polizisten an. *Polizisten!* Vielleicht passt mir einfach nicht ihr scheißordentlicher Ton, dieser Scheißton: ‹Zu welchem Zeitpunkt haben Sie …?› Hab ich 'nen Heulkrampf gehabt. 'n richtigen Heulkrampf. Wie 'n Lachkrampf, du kannst einfach nicht aufhören. Und ich hab gesagt, ich kann nicht mehr, ich kann nicht mehr, und wie mein Sean zu mir gekommen ist und mich umarmt hat und gesagt hat, tut mir leid, isses noch schlimmer geworden. Der kapiert nicht, was er gemacht hat. Der kapiert überhaupt nichts. Wie er der Lehrerin in den Bauch geboxt hat – er hatte recht, klar, sie hat ihn umgesetzt, obwohl die andern auch mitgemacht haben, aber: Da hat er auch nichts kapiert. *Nichts.* Ich hab bestimmt fünf Liter geheult. Und zwei Tage später hatte ich eine Tante vom Jugendamt vor der Tür.»

Jutta legte eine Pause ein und sagte dann, mehr für sich: «Komm da mal raus. Und jetzt frage mal die Bullerei, ob sie dir dein Kind suchen helfen.» Sie biss sich ein Stück Nagelhaut ab, der weiche Filter der Selbstgedrehten zwischen ihren zu spitzen Lanzen gefeilten Fingernägeln, ihre Augen matt auf das innere Bild ihres Sohnes gerichtet, der Untertitel eine endlose Leuchtschrift: Wenn's so weitergeht, mach ich Schicht, Schluss, Ende, geb ich ihn ab … Sie sog die Luft ein, flatternde Nasenflügel, stand still, wie auf Pause geschaltet, und grollte beim Ausatmen tief aus der Kehle.

Über meine Schulter registrierte ich, dass Tilo immer noch ackerte, als ginge es um die verdammte Weltmedaille im Mulchschaufeln.

«Wird schon auftauchen», packte Jutta die Harke mit beiden Händen und klang dabei entschlossener, erfrischt, ein Stimmungswandel, der mich ziemlich überraschte. Jetzt-wird-wieder-in-die-Hände-gespuckt-mäßig machte sie sich erneut an die Arbeit. «Zum Glück passiert ihm nie was.»

«Warum gehst nicht wenigstens du ihn suchen?»

Jutta sah mich an, als hätte ich gerade vorgeschlagen, in die nächste Concorde zu steigen.

«Ich hab dir doch gerade gesagt», wehrte sie ab, «ich hab ihn schon mal überall …»

«Schon mal war einmal. Jetzt ist ein anderes Mal. Noch ein Mal. Vielleicht hast du heute mehr Glück. Vielleicht findest du ihn, bevor er dir von der Polizei gebracht wird.»

Hilflos harkte sie weiter.

«Lass das doch liegen», griff ich nach dem Stiel. «Geh ihn suchen.»

Sie sah immer noch aus, als verlangte ich etwas Unmögliches von ihr.

«Hier wird dich erstens keiner verpfeifen», sagte ich, «und zweitens hast du jedes Recht der Welt …»

Das war angekommen, langsam nickte sie und schien Mut zu fassen. Sie ließ die Harke los, wischte sich die Finger an der Hüfte ab und machte sich auf die Socken. Tilo unterbrach die Schaufelei für geschätzte zwei Sekunden, um ihr nachzusehen.

In der Pause brauchte er ein bisschen, um aufzutauen.

Er packte sein Butterbrot aus und kaute ernsthaft und reserviert, als hätten wir uns nie zuvor gesehen und säßen rein zufällig auf derselben Ladefläche des kleinen orangenen Lasters. Ich hatte ihm erklärt, warum Jutta gegangen war, und fragte ihn nun, ob irgendwas vorgefallen sei zwischen ihnen. Ich biss von meinem Brot ab, als interessierte mich die Frage gar nicht.

Tilos Augenbrauen zogen sich wie Gewitterwolken zusammen: «Näh.»

Dann sagte ich mit vollem Mund, dass sie ganz schön durch den Wind sei, wegen Sean. Er reagierte nicht.

Nach einer Weile fragte Tilo, ob ich schon Nachrichten gehört hätte. Ich verneinte.

«Im Erzgebirge schüttet's wie aus Kübeln.» Er machte ein noch düstereres Gesicht.

Ich fragte ihn, warum ihn der Gedanke an einen Weltuntergang so faszinierte.

«Der fasziniert mich nicht. Der drängt sich mir auf. Die haben Katastrophenalarm ausgelöst.»

«Willste wissen, was ich über Endzeitphantasien denke?»

«*Katastrophen*alarm. Das ist keine Phantasie!»

«Ja, doch, ich hab's gehört.»

«Phantasie …»

«Schon gut. Vergessen wir's.»

«Phantasie. Quatsch.»

Ich biss noch mal von meinem Brot ab und warf es dann zurück aufs fettglänzende Papier.

Nach einer Weile, in der Tilo nicht aus dem Kopfschütteln herauskam, sagte er: «Mich würde mal interessieren, was du denkst, Professor.»

«Ich weiß nicht … Irgendwann kommt der Weltuntergang sicher. Aber was ich eigentlich sagen will, ist …»

«Gottverdammich, *was* denn? Sag's doch endlich.»

«Dass der Gedanke an so was …»

«Ja?»

«Haste dich schon mal gefragt, warum in Filmen so dermaßen viele Leute unnatürlich sterben?»

«Hä?»

«Na ja. Filme.»

«Weil's spannender ist, du wolltest doch über …», war er im Begriff, mich auf meine abdriftenden Gedanken hinzuweisen.

Ich blieb dabei: «Spannender, ja. Drama, Drama, Drama … Wir sind solche Geschichten gewohnt, in denen es um alles oder nichts geht. Du musst keine hundert Bewerbungen schreiben, um irgendwo einen Job zu kriegen. In Filmen hast du entweder einen Job, oder du kriegst ihn verdammt schnell. Du musst keinen Antrag stellen, um irgendwo wohnen zu können. Du nimmst einfach deinen schicken Mietwagen und fährst irgendwohin. So geht das. Ich glaube, weil's im normalen Leben nicht so läuft, mögen wir solche Geschichten.»

«Moment, Moment, was haben denn deine verdammten Filme mit dem Klimawandel zu tun?»

Ich zuckte die Schultern. «Ich weiß auch nicht. War nur 'n Gedanke. Die Leute sehnen sich so sehr danach, dass was Grundlegendes passiert, dass auch was Schlimmes okay wäre.»

Tilo überlegte. Nach einer Weile konstatierte er: «Worauf kannste dich im Leben schon verlassen?»

Er sah erschöpft aus. Vielleicht war er enttäuscht von meiner Ansicht und hätte viel lieber heiß debattiert, vielleicht interessierte ihn das Gespräch auch weniger, der Gedanke kam mir plötzlich, weil Jutta nicht in der Nähe war.

«Warst du schon mal verheiratet?», fragte ich.

«Zweimal fast.»

«Und, wieso ist nichts draus geworden?»

«Tja ...» Tilo lehnte sich zurück. «Frag die Weiber.»

Meiner Ansicht nach sollte jeder, der eine solche Wortwahl pflegt, begreifen, warum ihm das andere Geschlecht den Laufpass gibt, aber was hätte ich jemandem sagen können, der doppelt so alt war wie ich? Geben Sie mir noch fünf Jahre, und ich rede vielleicht genauso. Ein Blick auf die Uhr verriet, dass wir noch zehn Minuten hatten. Ich zog die Knie heran, umspann sie mit den Armen und presste mein Gesicht darauf. Ich hatte mir diese Haltung bei einer Inventur abgeguckt, auf die ich gleich nach dem Abi nach Bielefeld mitgefahren war; eine Busladung voller Ossis wurde in einen Baumarkt gekarrt, um über Nacht die Teile zu zählen. Aus Mangel an Sitzmöglichkeiten saßen einige der erfahreneren Gelegenheitsarbeiter während der Pause in dieser Haltung auf den Gängen. Tilo war sie von mir schon gewohnt. Diese Form des Ausruhens war zwar nicht besonders wirkungsvoll, denn in der Regel bekam ich dabei nur noch größere Lust, mich richtig schlafen zu legen, aber ich zog sie trotzdem durch, sobald sich mir die Gelegenheit bot, denn nach außen hin hatte sie vor allem eine Botschaft: Lasst mich in Ruhe.

Überrascht war ich, als Tilo mir den Ellenbogen in die Seite rammte und murmelte: «Wir kriegen Besuch.»

Die Vorarbeiterin hieß Frau Köck und hatte eine lila Strähne im sonst blondierten Haar. Sie kam, um sich den Stand der Arbeiten anzusehen, und war natürlich alles andere als amused beim Anblick zweier gammelnder Einsatzkräfte statt der drei vor lauter Arbeit schwitzenden, die sie erwartet hatte. Mit großem Schwung warf Frau Köck die Autotür zu und steuerte auf uns zu. Schon hatten wir uns von der Ladefläche des Lasters gelöst. Nach den üblichen Worten, die sie zu unserer Pause verlor, kam sie direkt auf Jutta zu sprechen: Wo sie sei. Tilo und mir fiel nicht die passende Ausrede ein, also brachte ich, Jutta suche ihr Kind, die Wahrheit zur Sprache. Ich hatte erwartet, dass Frau Köck ein wenig Verständnis für einen verschwundenen Neunjährigen aufbringen würde, aber sie beschäftigte vor allem, dass es schön und gut sei, wenn Jutta ihre Kollegen darüber aufklärte, abmelden müsse sie sich immer noch bei ihr. Mit der Drohung, dass Juttas Verhalten ein Nachspiel haben werde, wollte Frau Köck uns wieder an die Arbeit scheuchen, doch einem plötzlichen Impuls folgend sprang ich für Jutta in die Bresche: Dass sie gar nicht hätte gehen wollen, sagte ich, ich hätte ihr das vorgeschlagen und hätte ihr auch gesagt, dass wir uns um die Meldung kümmern würden. Ein Blick auf Tilo, der schon wieder schaufelte, zeigte mir, dass von ihm kein Beistand zu erhoffen war. Na ja, gut, ich hätte es melden wollen, was ich hiermit täte, oder hätte ich die Arbeit ganz liegenlassen sollen, um sie, Frau Köck aufzusuchen? Sie erwiderte, dass ich nicht für Jutta verantwortlich wäre, ihr Verhalten werde definitiv ein Nachspiel haben. Dass auch Frau Köck sich an Regeln halten musste, schön und gut, aber ich verstand nicht, warum sie so hartherzig, kleinlich, stur und gehässig war, und ließ mich dazu hinreißen, weiter mit ihr zu debattieren: Jutta war gerade mal eine halbe Stunde weg, vielleicht hätte sie noch angerufen … Was ich mich überhaupt in Sachen mischte, die mich nichts angingen, riss Frau Köck der Geduldsfaden, der bei ihr ohnehin nicht besonders stabil war, jetzt werde die Sache definitiv ein Nachspiel haben, wegen Arbeitsverweigerung, und zwar für mich und für Jutta und auch für … Tilo ließ die Schaufel fallen. Er habe mit der Sache gar nichts zu tun, schrie ich. Dass ich sie nicht anschreien solle, bellte Frau Köck zurück. Sie könne sich mal, schrie ich weiter, einen vernünftigen Friseur suchen. Atmen, atmen, ihr linkes Augenlid zuckte. Eine Sekunde später erhielt die Abteilung Köck den unhörbaren Marschbefehl Kehrt! – und die lila frisierte Autorität stakste in ihren klobigen Arbeitsschuhen (Arbeitsschutz!) zum Arbeitsauto, von wo sie in Tilos Richtung die Bemerkung fallenließ, dass heute hier alle Arbeit fertig gemacht werde, sechzehn Uhr käme sie kontrollieren, und zu mir: Man werde schon sehen, was man davon habe. (Das sagte sie wirklich: *man*!) Ich drohte ein letztes Mal zurück, auch sie könne sich auf eine Meldung meinerseits gefasst machen. Dann fiel die Autotür zu, und Frau Köck ging beim Wegfahren dermaßen in die Vollen, dass auch tüchtig Kies aufspritzte. Tilo hob zeitlupenmäßig die Schaufel auf und bedankte sich bei mir gebührend und aufrichtig: «Du bist ein richtiges Arschloch, weißte das?»

ICH WILL ZUM PUNKT KOMMEN. Das dann anbrechende Wochenende war von der ersten Minute an unausstehlich. Ich ging nach Hause, weil ich keine Ahnung hatte, was ich sonst tun sollte. Vor allem wollte ich erst mal aus meinen Arbeitsklamotten steigen. Mein Vater saß wie gewohnt vor dem Fernseher, und ich dachte mir nichts weiter dabei. Nachdem ich mich geduscht hatte, warf ich einen Blick ins Wohnzimmer: «Was läuft?»

Er antwortete nicht. Ich roch den Braten – irgendwas stimmte mit ihm nicht – und verkroch mich in mein Zimmer. Entgegen meiner sonstigen Angewohnheit ließ ich die Tür allerdings einen Spalt offen stehen, für den Fall, dass er auf die Idee kam, mir irgendetwas mitzuteilen. Ich zog ein Buch aus dem Regal: Es war ein Bildband über den Vietnamkrieg, blätterte hin und her, eine schöne Vietnamesin mit Stahlhelm hielt auf einem Bild winkend ihre Knarre in die Luft, die anderen Bilder zeigten die Tunnelsysteme, in denen sich der Vietcong und die Bevölkerung versteckten, ganze Krankenstationen, sogar Kindergärten waren unter der Erde eingerichtet. Ich fragte mich, ob die Frau im Asia-Döner vielleicht in so einem Tunnel zur Welt gekommen sein könnte. Und wenn? Ich pfefferte das Buch in eine Ecke und legte mich auf die Couch. Inzwischen hörte ich meinen Vater in der Küche Schranktüren öffnen und schließen. Er hielt sich dort überflüssig lange auf. Was sollte er machen? Alles war gespült, nun wischte er auf den Arbeitsplatten herum. Er öffnete den Kühlschrank, schlug ihn wieder zu. Vielleicht konnte er sich nicht entscheiden, was er als Nächstes tun sollte – schon mit der Zubereitung des Abendessens beginnen oder einen Schluck Wurzelpeter (der Name des Getränks ist keine Erfindung von mir) zur Brust zu nehmen, die Küchenuhr tickte heute auch nicht schneller. Er ist kein Alkoholiker. Sag ich mal. Ich will um Himmels willen nicht Ihre Einstellung dazu, was kaputt ist und was nicht, zerstören, aber hier haben die Dinge die Menschen in der Hand, die glauben, die Dinge in der Hand zu haben: Je betulicher für alles gesorgt ist, umso klaffender der Abgrund, der sich auftut, wenn es mal nichts mehr zu tun gibt, kein Geschirr mehr vom Tisch zu räumen und zu spülen, abzutrocknen, im Küchenschrank zu stapeln, keine Spüle mehr auszuwischen, keine Wachstuchdecke mehr zu säubern, keine Essensreste in kleine Plastikschalen zu verpacken, mit Aufklebern nach Inhalt und Datum zu beschriften und einzufrieren, keine Stifte und Aufkleber zurück an ihren Platz in der Schublade zu legen, keine Gardine zu richten, keine Videos zu sortieren, keine Anrufe bei alternden Verwandten mehr zu erledigen, keine Einkäufe mehr zu verrichten, keine Wäsche zu waschen, auf- oder abzuhängen, keine gewaschene Wäsche zu Bügeln und in den Schrank zu räumen, keine schon viel zu lange quietschende Tür mehr zu ölen, keine rattengraue Auslegeware mehr zu reinigen mit Kirby, dem feucht saugenden Staubsauger, das Gerät nicht mehr in den Schrank zu räumen, schimpfend: Ich war ja dagegen, aber die Alte fiel auf den beschissenen Vertreter rein!, wenn keine Besenkammer besenrein zu machen, keine mollig warme Tagesdecke in die Falten der Couch mehr zu schieben, wenn kein Couchkissen mehr zu richten ist – Hand aufs Herz, was gibt es denn dann noch dagegen einzuwenden, sich mit Kräuterschnaps und scheißdochdrauf allem, was da ist, dermaßen den Nischel vollzulöten, bis die ganze Rotze um einen rum aufhört, so dreckig-frech zu grinsen?

Ich war überrascht, als er plötzlich in meiner Tür stand und sie langsam weiter aufstieß. Er fixierte mich. Sofern man das von seinem Blick sagen konnte, der ständig unglaublich erschöpft wirkte.

«Hastes abgeschickt?»

«Hm?»

«Mein Paket. Ob du's abgeschickt hast.»

Soweit ich mich erinnern konnte, hatte ich ihm dies doch schon bestätigt. Fragen Sie mich bloß nicht, warum, aber: Ich nickte. Er schien irritiert.

«Sollte ich doch, oder?»

«Jaja, schon gut. Was hat sie gesagt?»

«Deswegen hast du's mir doch gegeben.»

«Hm. Was hat sie gesagt?»

«Wer?»

«Die Frau von der Post.»

«Gar nichts.»

«Irgendwas muss sie doch gesagt haben.»

«Nee.»

«Du gehst zur Post, legst ein Päckchen hin und verschwindest ...»

«Sechs fünfzig.»

«Was?»

«Glaube ich. Sie hat sechs fünfzig gesagt. Macht sechs fünfzig dann.»

«Und dann?»

«Und dann danke, tschüs, der Nächste bitte, was weiß ich? Ich krieg noch sechs fünfzig.»

«Sie hat nichts gesagt, als sie gelesen hat, wo's hingeht?»

«Nein.»

«Wie hat sie reagiert? Was hat sie gemacht, als sie's gelesen hat?»

«Was sie gemacht hat ... Warum interessiert dich, was sie gemacht hat? Sie hat nachgeschaut.»

«Nachgeschaut.»

«Na ja, was es kostet nach Bolivien.»

«Chile.»

«Chile, meine ich doch. Was hab ich gesagt?»

«Bolivien.»

«Hab ich?»

«Hast du.»

«Warum hab ich Bolivien gesagt?»

«Hast du's nach Bolivien geschickt?»

«Nein. *Nein!* Nein, ich hab mich nur versprochen. Chile. Bolivien. Sie ist doch in Chile. Das Paket geht nach Chile. Alles gut.» Das war es doch, oder? Er stand noch immer in der Tür, und ich war mir nicht sicher, wieso. «Ist doch alles gut. Du hast gesagt, ich sollte es –»

«Ja, verdammt!» Es klang so ähnlich, wie wenn er beim Kochen die Kartoffeln hatte anbrennen lassen und sich über sich selber ärgerte. Wenn man ihn darauf ansprach: Kann ich helfen oder so was, vergrößerte das nur seine Wut. Irgendwie mochte ich das. Wahrscheinlich sagte ich deswegen:

«Was war denn drin?»

«Das geht dich gar nichts an.»

«Okay. Sie hat ein bisschen geguckt.»

«Wer?»

«Die Frau. Von der Post. Ein bisschen.»

Seine Brauen zogen sich zusammen.

«Hat sie ja nicht jeden Tag.»

«Nichts weiter?»

«Na, vorlesen musste ich es nicht, ich hab ja klar und deutlich geschrieben, wo's hinsoll. Vielleicht hat sie sich gewundert, aber das kann mir doch egal sein.»

«Richtig, das kann dir egal sein. Ist dir nicht sowieso alles egal?»

Weil er den Spieß umgedreht hatte und ich wusste, was jetzt kam, zuckte ich gelangweilt die Schultern.

«Schon was Neues von deiner Bewerbung?»

Ich wiederholte die Geste.

«Keine Nachricht? Keine Zusage?»

«Sie schicken sie im August raus.»

«August, ja? Haben wir bereits. Und wann soll der Spaß losgehen?»

«Mitte September.» Ich schlief fast ein.

«Viel Zeit lassen sie ihren Studenten ja nicht. Wohnung finden, umziehen, BAföG und so weiter. Hast du dir darüber mal 'n Kopf gemacht?»

«Werden wir sehen.»

«Du wirst noch dumm aus der Wäsche gucken. Das wirst du.»

«Bestimmt.»

Ich hatte wirklich keine Lust, mich auf diese Diskussion einzulassen. Sie lief ohnehin darauf hinaus, dass ich alles, wirklich alles falsch anpackte.

«Ist ja nicht mein Leben.»

Ich nickte: «Jep.»

«Das heißt JA!», fuhr er mich an. «Du denkst nur daran, was du jetzt gerne machst …»

«Ja, dabei sollte ich mir mal meine realistischen *Optionen* überlegen. Genau das sagt die Tante von der Jobvermittlung auch.»

«Und warum hörste nicht auf sie? Jetzt kannst du malen und zeichnen, so viel, wie du willst. Jetzt ist das ja auch alles ‹easy›.» Ich lachte, obwohl oder weil ich es hasste, wenn er eine vermeintliche Jugendsprache imitierte. «Du hast ein Dach übern Kopf, du hast zu essen …» Ich brummte belustigt, das Essen musste für alles herhalten. «Lach nur. Aber irgendwann stehst du da und musst zusehen, wie du dich ernährst. Denk doch mal, da kommt noch 'ne Frau dazu und ein Kind. Was dann? ‹Easy.› Wenn du dich nicht zu irgendwas Vernünftigem entschließt, hast du dich, ehe du dich's versiehst, ins Abseits manövriert. Wenn sie dich nicht wollen, dann wollen sie dich nicht. Irgendwann muss das doch auch bei dir ankommen. Dann musst du irgendwas anderes anfangen.»

Ich wollte ihm widersprechen, aber mir fehlte die Energie. Ich griff nach einem Stift auf meinem Bett und warf ihn ein paarmal hoch, dass er Saltos schlug und wieder in meiner Hand landete.

Nach einer Weile stummen Rumstehens sagte er:

«Du hast es nicht abgegeben.»

«Hm?» Bingo. Ich tat, als litte ich an einem leichten Mittelohrproblem.

«Du hast es nicht abgegeben.»

Ich ließ den Stift fallen. Er kullerte vom Sofa auf den Boden. Ich machte ein paar komplizierte Anstalten, ihn wieder aufzuheben, beugte mich über den Polsterrand und erkundigte mich dabei, ächz, äh, so nebensächlich wie möglich: «Wie, was?»

Er: «Ich war bei der Post.»

Ich musste mich mit der Hand abstützen, um nicht von der Couch zu fallen.

«Sie sagen, es hat kein Päckchen nach Chile gegeben.»

Fragen Sie mich nicht, wieso, als ich mich wieder aufgerichtet hatte, sagte ich: «Aber ich hab's doch abge–»

«Es hat kein Päckchen nach Chile gegeben», schnitt er mir das Wort ab.

Ich überlegte, wie er wohl reagierte, wenn ich ihm sagte, dass er es sich aus dem Abrisshaus gegenüber holen könne, aber mir entfuhr nur ziemlich salopp: «Vielleicht hast du eine andere Bearbeiterin erwischt.»

«Wovon verdammt *redest* du?! Du hast kein Päckchen abgegeben. Es gab kein Päckchen ins Ausland.»

In meinem Kopf ratterte es, wie es möglich war, dass er das alles wusste. Wer würde ihm auf der Post so eine Auskunft erteilen? Entweder hätten sie ihn sofort abgebügelt und nach Hause geschickt oder, ja klar: «Ich seh noch mal nach. Aber nur als Ausnahme …»

«Wann hast du's abgegeben?»

«Was?» Ich hatte schon verstanden, aber immer noch so zu tun, als hätte ich einen Tinnitus laufen, versprach Zeitgewinn.

«Du hast mich verstanden. Wann hast du's abgegeben?»

«Na, gestern», sagte ich, als erschütterte mich seine Nachricht. (Was sie in gewissem Sinne auch tat.)

«Noch mal: Sie haben nichts ins Ausland geschickt, gestern nicht, heute nicht. Die Überseepäckchen lagern alle im selben Fach. Da war kein Päckchen drin. Da war keins. Nüscht! Sie hätten sich erinnert.»

«Nicht, wenn sie Schichtwechsel hatten oder …»

«Nein. Nichts oder. Ich hab mich lang und breit erkundigt. Wo ist es?»

«Ich hab's abgegeben. Ich kann dir die …» Ich stand auf und wühlte in meiner Hosentasche – die Hose hatte ich nach dem Duschen über den Stuhl gelegt. «Ich kann dir die Rechnung zeigen. Warte.» Ich packte Taschentücher und einen Notizzettel, den ich schon seit ein paar Tagen vermisste, auf meinen Schreibtisch. Ich holte alles aus den Taschen, was drin war. Feuerzeug, Tabak, einen Kronkorken. Konnte er gleich sehen, dass ich sonst nichts zu verbergen hatte. (Obwohl: Gras, wäre ich denn im Besitz desselben, hätte selbstredend in den Socken gesteckt.) Als Letztes zog ich meine Geldbörse aus dem Rucksack, der am Boden lag. Er musterte, wie mir schien, angewidert die Dinge auf dem Tisch und folgte meinen Pantomimekünsten mit fassungslosem Blick. Das Portemonnaie auffaltend und darin mit leicht zitternder Hand herumfingernd, sagte ich so zerstreut wie möglich: «Ich hatte sie doch … Es muss doch hier irgendwo sein …» Ich war davon überzeugt, dass man einen schlechteren Lügner kaum je gesehen hatte (was für ein abgedroschener Satz), aber je länger ich meine Lüge durchzog, dachte ich – und genau das lehrt uns doch dieser ganze Religionsklimbim –, umso sicherer steht sie als respektable Tatsache in der Welt: Die Schuld für einen Irrtum musste bei jemand anderem liegen, in diesem Fall bei der Post. Weiterhin eisern schweigend ertrug er meine Einlage und sah mit an, wie ich schließlich die Sachen allesamt zurück in meine alte Hose stopfte und mir-doch-egal-mäßig die Schultern zuckte: «Tja.» Unterdessen klingelte das Telefon. Erlösung. *Erlösung!* Ich tat, als wäre es das Letzte in der Welt, was mich interessierte, aber was getan werden musste, musste irgendjemand tun: abheben. Also schlurfte ich an ihm vorbei Richtung Flur.

Er wurde laut: «Kann sein, dass ich viel falsch gemacht hab, aber zum Lügner habe ich dich nicht erzogen. Oder? Oder?!»

«Nein.» Der Hörer lag auf der Ladestation, und ein Lämpchen blinkte unentwegt.

«Oder hab ich dich zum Lügner erzogen?»

«Nein. Nein, ich sag doch, ich schwöre, ich hab's abgegeben.»

«‹Ich schwöre …› Du *schwörst*?»

«Ja. *Ja!* Was willst du überhaupt von dieser Margot? Was soll sie dir denn sagen? Kannst du das Kapitel nicht einfach abhaken und in die Tonne kloppen?» Ich deutete auf den Hörer: «Was ist, kann ich rangehen?»

Ich nahm das Telefon in die Hand und wollte die blinkende grüne Taste drücken.

«Was ich mache, geht dich gar nichts an», nahm er es mir ab und legte auf.

«Was soll das denn jetzt?!»

Wieder angelte ich nach dem Gerät und versuchte, mir die letzten Anrufe anzeigen zu lassen, aber ich kam mit dem System nicht klar. «Du kannst doch nicht einfach auflegen. Was ist, wenn's meine Arbeit war? Zigtausend Menschen haben ein Problem mit der Honecker.»

«Pass auf, was du sagst.» Dasselbe Spiel. Er nahm mir den Hörer wieder ab.

«Ist doch so. Ich meine, hat sie dir, also dir persönlich, irgendwas getan? Willst du, dass sie sich entschuldigt, oder …?»

«Misch dich nicht in meine Angelegenheiten ein!»

«Dann gib *mir* doch nicht deine Briefe.»

«Wieso Briefe?»

«Nicht das Päckchen.»

«Den Brief hast du auch nicht …?»

«*Päckchen!* Ich meine das Päckchen.»

«Den Brief hast du auch nicht abgeschickt?»

«Doch. *Doch!* Ich habe das Päckchen abgeschickt. Und ich habe den Brief abgeschickt! Fertig, aus.»

«Was hast du mit dem Brief gemacht?»

«Abgeschickt. Ich habe beides abgeschickt.»

Wieder klingelte das Telefon. Er hielt es noch in der Hand.

«Ich glaube dir nicht.»

«Dann glaub doch, was du willst.»

Das war ein guter Schlusspunkt. Kurz hatte ich Zweifel an meiner Lügenkampagne, aber wenn ich weiter daran festhalten wollte, hatte ich nun allen Grund, eingeschnappt zu sein und mich aus der Situation zu stehlen. Ich ging meinen Rucksack holen und schlüpfte beleidigt in meine Schuhe: Mir weitere Vorwürfe um die Ohren hauen zu lassen, hatte ich nicht nötig. Und da er nicht ans Telefon ging, tat ich es: Ich riss es ihm aus der Hand:

«Ja.»

Es war Ralf: «Äh … Phillip? Phillip! Hey, hier ist …»

Bevor er auch nur einen vernünftigen Satz fertiggebracht hatte, unterbrach ich ihn. «Ich ruf dich gleich zurück.» Ralf war nicht die Form von Rettung, die ich jetzt gebrauchen konnte.

Mein Vater ging in die Küche, und ich konnte nicht einordnen, ob er lediglich gekränkt war oder so dermaßen stinksauer, dass er dies aus Sicherheitsgründen tat, weil er sonst gleich wer-weiß-was anstellen würde. Ich wollte nur schnell raus. Schlüpfte in meine Hose, nahm den Rucksack. Ein Blick in die Küche: Er stand mit beiden Armen auf die Spüle gestützt und schüttelte den Kopf. Ich krallte den Gorki aus dem Regal, und ab damit in die Tasche. Als ich schon die Hand an der Klinke hatte, sagte er:

«Morgen ist es wieder hier. Sonst knallt's.»

Ein letztes Mal, kraftlos, sagte ich, dass ich es abgegeben hätte, gemeint war das Paket, klar.

Er fragte, ob ich ihn gehört hätte. Es klang wie eine Drohung. «Morgen. Hast du gehört?!»

Ich nickte blödsinnig. Vielleicht war das die einfachste Lösung. Ich zog die Tür ins Schloss, leise, vorsichtig, und lief durchs Treppenhaus. Die Nachbarin von oben, Frau Rindermann, saugte. Wie immer. Ich nickte weiter vor mich hin. Unwillkürlich musste ich dabei an unseren Wackeldackel denken, den mein Vater mal als Treuebonus von einer Tankstellenkette erhalten und spaßeshalber auf der Hutablage unseres Kleinwagens platziert hatte. Als Kind schon kam ich nicht um die Vorstellung herum, es wäre mein Kopf, der, auf einen winzigen, filzüberzogenen Körper montiert, aus der Heckscheibe eines Familienwagens koreanischen Fabrikats starrte. Friedlich nickend saß ich dort auf meinem

Platz, verfolgte Stau- und Blitzermeldungen aus dem Radio, fuhr nickend am Wochenende mit der Familie ins Saalecenter oder in den Einkaufspark in Günthersdorf, ehemals grüne Wiese, die man Eigentümern wie meiner Oma Anna, Sie werden Augen machen, mit der Aussicht auf ein kleines, nahe liegendes Fertigteilhaus zu Schnäppchenpreisen abgeluchst hatte, und dort sah ich mich nickend auf einem gigantischen Parkplatz vor dem Multiplex zwischen Hunderten anderer Autos mit Dackeln, Anhängern, Fußballschals und weiterem Krams in der Ablage einem Filmplakat zunicken, das mit dem Wort *Überwältigungskino*, dem faschistoiden Versprechen einer seelischen Vergewaltigung, warb ... Na ja, so weit dachte ich sicher nicht als Kind. Was *rede* ich hier?

Auf unserer Straße, in der es nichts Besonderes zu sehen, zu hören oder zu erleben gab, erschien mir unser Streit wie eine Groteske. In was für einen Blödsinn hatte ich mich da hineinmanövriert? Was ging mich sein Paket an? Warum konnte ich es ihm nicht einfach zurückgeben? Warum brachte ich es nicht zur Post und legte zu Hause die Quittung auf den Tisch? Was sollte schon Schlimmes passieren? Schließlich hatte er recht: Es war nicht mein Bier. An der nächsten Kreuzung überlegte ich kurz, ob ich vielleicht umkehren und das Paket aus dem leerstehenden Haus holen sollte, aber irgendwie konnte ich mich dazu nicht entschließen. Woher wollte ich denn sicher sein, dass er tatsächlich zur Post gegangen war, um dort den Weg seines Pakets nachzuverfolgen? Machte das Sinn?

Gott! Ich hab's schon erwähnt, gelegentlich fällt es mir schwer, meine Gedanken von A nach B zu führen, aber heute erlitt ich eine Art Hirnkrampf.

Ich versuchte es noch mal: Das blöde Ding war in seinen Augen also weg. Na und? Die Schuld dafür haftete an einer besonders missratenen Person, Trommelwirbel: an mir. Tusch. Konnte irgendwas seine Meinung von mir denn noch abwerten? Ich war mir sicher, einfach weiter störrisch zu behaupten, was ich behauptet hatte, könnte unserer, sagen wir mal, angeknacksten Vater-Sohn-Beziehung auch nichts Wesentliches mehr anhaben. Wenn ich mir schon Sorgen machen wollte, dann vielleicht um ihn: Was, wenn er weitermachte? Was, wenn er weiterschrieb und … Was, wenn er sich an andere Personen als unsere überstrapazierte Margot wandte? Hm? *Hm?*

– Ja, was dann?! Was sollte schon passieren? Nichts dann. Es ist der Welt vollkommen gleichgültig, was Hermann Odetski schreibt, sagt oder tut. Nur mir nicht.

NACHDEM RALF MIT SMALL TALK BEGINNEN WOLLTE und ich ihn darauf hingewiesen hatte, dass ich nicht ewig viel Guthaben auf meiner Karte hatte (ich hatte noch), zudem piepte der Akku schon, rückte er mit der Sprache raus: Es wäre dringend, er brauche ein bisschen (schluck, schluck und räusper) Geld. Ob ich vielleicht, na ja, vielleicht hundert hätte. Es war raus. Er horchte. Ich dehnte die Zeit mit jeder Millisekunde, die ich unbeantwortet verstreichen ließ, zu einem kleinen Martyrium für Ralf (und meinen Akku), das wusste ich, aber ich konnte nicht anders. Schließlich sagte ich, ja, hätte ich. Ralf ließ, wie auf Kommando, alle Zurückhaltung fallen:

«Ja, ja? Wann kannstes … Wann kannstes vorbeibringen? Ich brauch's schnell.»

«Ich mach mich gleich los.»

«Du bist ein Held, Phillip! Ehrlich.»

«Schon gut», sagte ich.

«Ein Held!»

Obwohl ich keine weitere Erklärung verlangt und keine Nerven mehr für irgendwas hatte, fing Ralf an, eine komplizierte Geschichte darzulegen, aus der im Wesentlichen hervorging, dass ihn das Amt auf Eis gelegt hatte und dass seine Eltern ihm nichts mehr gaben, der Vermieter und sonst wer ihm aber an der Hacke hingen und inzwischen schon eine Zwangsräumung angekündigt worden war. Das Geld, um das er mich bat, reiche nicht mal für die Schulden, es sei fürs blanke Überleben, fürs *blanke Überleben,* wiederholte er und erinnerte mich dabei wieder an einen von diesen Typen am Bahnhof, diesmal an einen, der am Bahnsteig herumlief und einem sagte, dass er noch genau sieben Euro und zwanzig Cent für eine Fahrkarte nach Hause brauchte. Warum taten diese Leute so etwas? Ich meine, glaubten sie sich selber diesen Schmu, oder trauten sie sich nicht, die Karten auf den Tisch zu legen: Nachher hole ich mir ein trocknes Brötchen und ein schönes Gramm ziemlich gestrecktes Heroin? Jedenfalls: Ich fand, Ralf hatte einen ähnlichen Tonfall. Und falls Sie es sich nicht schon gedacht haben: Lange Rechtfertigungen und ich sind normalerweise nicht gerade das, was man beste Freunde nennt. Irgendwie klingen sie in meinen Ohren umso verlogener, je dringlicher sie rüberkommen sollen. Dass ich mich meinem Vater gegenüber dämlicher Ausflüchte und Erklärungen bedienen musste, kam mir nun, da ich Ralfs Rechtfertigungsgeschichte vernahm, doppelt behämmert vor. Je länger Ralf sich erklärte, umso stärker bereute ich, ihm zugesagt zu haben. Ihn auf später vertröstend, legte ich auf.

Ich sah ihn vor mir, schwitzend in seiner ausgebeulten Jogginghose, an seinem Couchtisch mit der Waage, auf der er das Gras abwog. Wie hatte er nur so abschmieren können? Ich dachte an die zähen Gespräche mit ihm, und ich dachte an den geschmeidig labernden Sebastian und die Zeit, als Ralf noch ein Auto hatte und wir in seinem winzigen Golf vor seinem Block abhingen, weil wir gleich losfahren würden, aber einen rauchten wir noch, drehten die Tüte, ließen sie hin und her wandern und redeten uns dabei das Weiß in die Mundwinkel, allen voran Sebastian, der nie, einfach nie platt und mundtot zu kriegen war. Einmal, als Ralfs Freundin Sanne mit dabei war, die aussah wie Natalie Portman, aber grundsätzlich so nüchtern war, dass sie lieber heißes Wasser als Kaffee trank, wurden wir wegen einer angeblichen roten Ampel von irgendeinem Nazibullen aus Wolfen aus dem Verkehr gefischt, und Ralf als Fahrer musste sämtliche Tests und Schikanen über sich ergehen lassen, Papiere zeigen, ins Röhrchen pusten, Linie laufen. Dabei redete er in einem fort in derselben hohen, aus dem Kehlkopf stammenden Stimmlage, die er gerade am Telefon hatte hören lassen, auf den Polizisten ein, und Sebastian, Sebastian, dessen *Atemluft* das Reden war, redete ebenfalls in einem Schwall. Sanne hing ihrem Ralf zudem noch auf der Pelle, küsste ihn hier und küsste ihn da, auf die Wangen, auf die Stirn, wollte sein Ohr auffressen, flüsterte ihm geheime Botschaften zu. Wie kann die Frau jetzt nur?, dachte ich. Doch als der Bulle sich schon die Hände rieb und seine entspannte Bassstimme intonierte: Kommen wir zum Drogentest, und den Teststreifen über Ralfs Stirn zog, kapierte ich, dass dort überall Sannes Spucke hing. Eine Viertelstunde später waren wir, abgesehen von ein paar Punkten wegen der roten Ampel, aus dem Schneider und wieder unterwegs – zwar nicht in einem Lada Niva, wie wir ihn uns mal erträumt hatten, aber wir waren es.

UNTERWEGS MACHTE ICH IM ASIA-DÖNER HALT. Fast aus Gewohnheit. Ich dachte, vielleicht könnten ein oder zwei Bier der Geldübergabe das gleißende Halogenlicht der faktischen Ungleichheit zwischen Ralf und mir nehmen und die Sache angenehmer gestalten. Die vietnamesische Frau sagte schon gar nicht mehr, wie viel sie von mir bekam; dass ich die Preise im Schlaf herbeten konnte, wusste auch sie. Ich hatte nur Kleines und zählte ihr jede Menge Zehn- und Fünf-Cent-Stücke hin. Sie zählte alles noch mal nach. Das zog mich runter. Am liebsten hätte ich mich geradewegs ans Wasser bewegt, aber die Aussicht darauf, nur an den Streit mit meinem Vater denken zu müssen, demoralisierte mich noch mehr, und so kam mir der Besuch bei der Bank, einem Ort, den ich sonst so selten wie möglich, in jedem Fall aber mit dem Gefühl eines Scharlatans betrat, ziemlich recht.

Ich sah zu, wie eine Oma sich am Automaten abmühte, jeder Tastendruck ein Kraftakt. Weil ich große Lust verspürte, irgendwann auch noch mal an den Zauberkasten zu gelangen, bot ich meine Hilfe an. Sie schimpfte über diese Maschine, als hätte ich sie genau *dazu* aufgefordert. Nach einer Weile kroch sie ein Stück zur Seite und reichte mir sogar einen Zettel mit ihrer Geheimzahl darauf. Das Geld ließ ich sie anstandshalber selber greifen. Sie stopfte es in ihre große Geldbörse, sah sich irritiert nach dem Ausgang um, den ich ihr aus unerfindlichen Gründen auch noch wies, dafür weder einen grüßenden Blick als Lohn erhielt noch und erst recht kein noch so kleines dahingemurmeltes Vielendank – wahrscheinlich weil sie glaubte, ich gehöre zum Inventar. Ich hob alles ab, was ich hatte, vierhundertfünfzig Euro (was ein guter Schnitt für mich war). Warum, kann ich nicht sagen. Ich weiß es nicht. Jedenfalls nicht genau. Meistens, wenn die Leute sagen, sie wissen etwas nicht, meinen sie eigentlich: Frag weiter nach, ich werde dir den verborgenen psychologischen Sinn meiner Weigerung, diese Sache auch nur ansatzweise wissen zu wollen, lang und breit erklären. Bei mir dürfen Sie sich etwas aussuchen: Vielleicht dachte ich einfach nicht darüber nach. Vielleicht wollte ich auch nur meinem Vater eins auswischen und tun, was er nie, unter keinen Umständen und niemals, tun würde und was ich, wie stark anzunehmen war, in seinen Augen ebenfalls am allerwenigsten tun sollte: mein letztes Geld abzuheben und zu dem nächstbesten Drogenopfer zu tragen. Vielleicht wollte ich auch nur einem alten Freund der vergangenen Zeiten wegen helfen, und es war doch offensichtlich, ich meine, man musste kein geniales Kombinationstalent besitzen, um zu kapieren, dass Ralf mehr als hundert Scheine brauchte, oder nicht? Ich trat also mit einem prallgefüllten Geldbeutel in meinem Rucksack aus der Bank, sog die Luft ein – das zarte Aroma von gebratenem Speck, das aus geöffneten Küchenfenstern auf die Straße drang, umschwebte meine Nasenflügel – und setzte mich in Bewegung. Allerdings nicht in Richtung Ralf … Und wenn Sie bis hierhin nicht eingeschlafen sind, rücken Sie wahrscheinlich schon wie verrückt auf Ihrem Stuhl, Ohrensessel oder Toilettensitz hin und her, weil Sie vermutlich brennend wissen wollen: Wohin dann?

(Ich lass mal eine Leerzeile, um die Spannung zu steigern.)

NICOLE (!) SCHIEN NICHT DIE BOHNE ÜBERRASCHT, mich zu sehen. Eine Tüte an die Brust gedrückt, schloss sie die Haustür auf und bat mich rein.

Obwohl sie die schicken, studimäßigen Altbauten mit hohen Decken, Stuck und Klo auf halber Treppe hier nur so hinterhergeworfen bekäme, wohnte Nicole Parterre in einem niedrigen Neubaublock. Ich hatte vor der Tür gewartet, und hätte ich das länger getan, wären die Nachbarn, die sich auf ihrem Balkon sonnten, Zeitung lasen und mich mit Fragen löcherten, vermutlich viel eher in der Lage gewesen, das hier alles runterzutippen als ich – so gezielt fragten sie mich danach aus, woher ich Nicole kannte, was ich von ihr wollte, woher ich kam, wer ich überhaupt war, Name, Beruf der Eltern etc.

Nicole und ihre Mitbewohnerin hatten ihre Wohnung in einer Art eingerichtet, die ein bisschen – ich sag's mal schnörkellos und so, wie's ist – hippieesk und entsprechend muffig wirkte: Für eine Zweizimmerwohnung im Neubaublock erschien sie überraschend dunkel, höhlenartig, verwinkelt, was an den gebrauchten alten Möbeln aus Massivholz lag, die überall herumstanden, den Batiktüchern und Vorhängen an den Türen und Decken, die irgendwie gar nicht zu einem Oasis-Fan wie Nicole passen wollten. Die Wände waren mit einer Schwamm- oder Pinseltechnik terrakottafarben bemalt. Die zahlreichen Kerzenständer oder Weinflaschen, die als solche dienten, waren kaum noch auszumachen unter Tonnen aus verschiedenfarbigem geschmolzenem Wachs. Und natürlich hing auch der Geruch von Balsaholz-Räucherstäbchen in der nikotinverquarzten Luft. Ich denke, jetzt haben Sie eine ungefähre Vorstellung. Beim letzten Mal, nach dem Konzert, war mir dieses Ambiente gar nicht so aufgefallen, vielleicht weil es Nacht war, vielleicht weil es darauf nicht ankam, aber jetzt fühlte ich mich wie in eine andere Welt versetzt. Obwohl ich sehr aufgeregt war, als ich in ihrer Küche stand, sagte sie, ich solle nicht einschlafen, denn sie wollte an mir vorbei und Kaffee aufsetzen. Mir fiel ein, dass ich zwei Bier im Rucksack hatte, und zog sie raus. Irgendwo aus dem Dunkel der Wohnung drang neben unablässig dudelnder Gitarrenmusik (moderne The-Bands) eine andere Frauenstimme, sie fragte, wer da mitgekommen sei. Nicole rief meinen Namen. Die andere Stimme erwiderte: «Ach so», und ich wunderte mich darüber, dass ich offenbar ein beiläufiger Gesprächsbestandteil der beiden gewesen war. Nicole fragte mich, warum ich denn nicht geklingelt hätte.

«Hab ich.»

«Sie wird's nicht gehört haben.»

«Die Nachbarn sagten, du bist nicht da.»

«Ich dreh in diesem Stasiladen noch durch», bemerkte Nicole, irgendetwas suchend, wobei ihr Blick auf den Tisch fiel. «Oha, Bier, es ist ja erst» – ihre braunen Augen schwenkten auf die Uhr an der Wand, darauf zeigte eine blonde amerikanische Working-Class-Heldin aus den Vierzigern ihren ansehnlichen Bizeps, *We can do it* – «fünf.»

«Wir können ja noch bis halb sechs warten», sagte ich, aber da hatte sie schon eine Flasche mit dem nächsten Löffelstiel aufgestemmt und stellte die andere in den Kühlschrank. Sie trank einen Schluck. Ich kam mir komplett fehl am Platz vor. Warum war ich noch mal vorbeigekommen? Warum nur hatte ich die verdammten Bierflaschen aus dem Rucksack gezogen? Selbst einem Sozialidioten wie mir sollte doch klar sein, dass das nicht der beste Weg war, eine Frau für sich einzunehmen. Mir schoss durch den Kopf, dass ich das vielleicht gar nicht wollte, ich meine, jemanden für mich einnehmen; das wollte ich grundsätzlich nicht, in allen Bereichen. Fast automatisch legte ich mir überall Steine in den Weg, als könnte ich mich der magischen Anziehungskraft meines dadurch verursachten Versagens nicht entziehen. Und wozu? Um in allem, was ich tat, nur Scheinkämpfe auszufechten, denn ein negatives Ergebnis war immerhin ein Ergebnis, das ich von Anfang an kannte, und das verlieh mir so heimelige Sicherheit? Vielleicht wollte ich auch nie den Anschein erwecken, jemanden für mich gewinnen zu wollen, weil es meiner Einstellung widersprach, einer recht zentralen Einstellung, nebenbei bemerkt, nach der ich Menschen zum Kotzen finde, die Eindruck schinden wollen. Aber zur Hölle: Musste ich es denn gleich mit dem Gegenteil probieren und dafür sorgen, dass Nicole, die auf äußere Eindrücke nun wirklich kaum etwas zu geben schien, dass selbst diese Nicole mich einfach nur für einen behämmerten Suffki halten musste? So in etwa die Gedankenlage in meinem Kopf, wahrscheinlich ist sie egal. Ich setzte mich und starrte gespannt auf den Tisch. Nicole ließ sich neben mich auf einen Stuhl fallen. Ich fürchtete, sie würde zunächst eine ellenlange, wenn auch berechtigte, Erklärung einfordern, warum, wieso und weshalb ich mich die letzten beiden Male so amokmäßig von ihr verabschiedet hatte, aber nun doch wieder aufkreuzte und wie ich mir ein weiteres Vorgehen oder sogar ein eventuelles Miteinander vorstellte und Gerede und Gerede, mir graute es jetzt schon. Nicole nahm mir die Last ab.

Sie seufzte tief, aus dem ganzen Bauch. Ironisch omahaft fügte sie diesem Ur-Geräusch hinzu: *«Und? Sonst so?»*

«Soll sein?»

«Na.»

«Was willste mehr?»

«Was soll man machen.»

«Erzähl mir nüscht.»

«Nee.»

«Nee.»

«Um Jottes willn.»

«Nich.»

«Nee.»

«Dann nich.»

«Bringt alles nüscht.»

Damit waren wir quitt. Ich schätze, das mochte ich an ihr, dass sie dann doch kein großes Gewese aus solchen Sachen wie Entschuldigungen und Rechtfertigungen machte. Sie reichte mir die Flasche rüber, aus der sie eben getrunken hatte. Ich wette, sie wusste genau, dass das etwas mit mir machte, und sie schien es zu genießen, mich bei meiner Beklommenheit zu beobachten, und nickte mir auffordernd zu, nur los, Junge, trink (bis du tot umfällst, aber das dachte sicher nur ich). Die Flasche wanderte von mir zu ihr und ein paarmal zurück. Ich überlegte, ob ich nicht gleich mit der Tür ins Haus fallen sollte und ihr sagen, dass ich sie vermisste. Wahrscheinlich würde sie darauf … Sie würde darauf … Zur Hölle, irgendwie würde sie darauf reagieren. Sie zündete sich eine Zigarette an und nuschelte am Filter vorbei:

«Ich hab inzwischen mit fünf Männern was gehabt.»

Zaunlatte vor den Kopf.

«Mit allen auf einmal?»

«Arsch.»

Obwohl ich ihr nicht glaubte, zuckte ich mit den Schultern. Einen Schluck aus der Flasche nahm ich dann aber doch. Na ja, zwei. Große.

«Mehr sagst du nicht dazu?»

«Wir haben ja keinen Vertrag oder so was.» Ich weiß auch nicht, woher ich den Satz nahm, aber er stimmte ja. In meinem Kopf rotierte es dennoch: Wie viele Wochenenden waren seit der Doors-Coverband vergangen? Und ich dachte mir, dass es rein rechnerisch möglich war, wenn sie sich freitags und samstags ranhielt. (Oder wenn sie nicht so versessen war auf irgendeine Wochenendlogik wie ich.) Wie auch immer, sie sah mich an, als wäre ich Wunder was für ein Mysterium, dabei wäre ich ja derjenige gewesen, der nun Grund hatte, rätselratend aus der Wäsche zu gucken, was ich, glaube ich jedenfalls, auch tat. Nicole fragte: «Bist du nicht eifersüchtig?»

Ich, kopfschüttelnd: «Sollte ich?»

«Tut dir das nicht weh, wenn ich das erzähle?»

Schultern zuckend: «Ein bisschen.» Wie Sau, vor allem, *dass* du's mir erzählst.

«Ich habe nur mit zweien geschlafen.» Ich nickte, der

Zahl Respekt zollend: «Macht den Braten auch nicht fett.» (Habe ich schon erwähnt, dass ich Lügner auch nicht ausstehen kann?)

Nicole schien ratlos. Sie suchte nach meinen Augen, sog an ihrer Zigarette, wollte was sagen, ließ es, dann doch:

«Mein letzter Freund war eifersüchtig.»

«Hm.» Genau das hatte ich hören wollen.

«Krass, war der eifersüchtig.»

«Der eine mehr, der andere weniger.»

«Nein. Nein», sie kam aus dem Kopfschütteln gar nicht mehr raus. «Bei ihm war es *nicht* wie bei anderen. Bei anderen gibt es ein normales Mittelmaß an, an, an –»

«An Besitzansprüchen.»

«Ja. *Nein.* Das meine ich nicht …»

«Schon gut. Ich hab nur laut gedacht.»

«Bei ihm war *gar nichts* normal. Wenn du mich fragst, der hatte Borderline, weißte, was das ist?»

Ich nickte.

«Heute gibt's keinen anderen Menschen als dich, und morgen bist du 'n Abfallhaufen.»

«Hm», schenkte ich ihr zumindest ein halbes Ohr, obwohl ich, unschwer zu erraten, am liebsten gar nichts über diesen Typen wissen wollte, ich hasste ihn schon bei der bloßen Erwähnung. Außerdem weigere ich mich jedes Mal, wenn ich das Wort Borderline auch nur höre, daran zu glauben, weil ich in erster Linie bloß eine medizinische Entschuldigung für Leute wittere, die banale egozentrische Arschlöcher sind.

«Du weißt schon, diese Leute, die immer nur geliebt werden wollen, immer nur geliebt werden, von allen. Und die gar nicht checken, dass sie einem weh tun.» Ich nickte brav und kam mir vor wie Professor Freud mit seiner Zigarre im Mundwinkel.

Nicole fuhr fort: «Und bei mir ist auch das Kopfkino losgegangen: Bin *ich* schuld, vielleicht kann *ich* ihm helfen, aber *mich* muss er doch lieben … Weißt du, dieser ganze …»

«Kram. Hm.»

«Es hat ziemlich lange gedauert, bis ich das kapiert hab. Also, bis ich kapiert hab, dass ich mir selbst, dass ich für mich selbst –»

«Verantwortlich bin.»

«Verantwortlich. Ja. Und jetzt, Phillip, nach vier Jahren Beziehungsknast bin ich es. Ich geh nach Hause, wann ich will, und auch, mit wem ich will. Ich bin gerade nicht für was Festes zu haben. Verstanden?»

Während der letzten Sätze hatte sie ihre Hände auf meine gelegt und sah mich nun eindringlich an.

Ich nickte. Leider.

«Ich mag dich wirklich», fügte Nicole ihrem Blick hinzu, dem ich auszuweichen versuchte, während ich mich fragte, ob sie mehr über mich wusste als ich, schließlich konnte ich mich nicht entsinnen, irgendeine längere Beziehung vorgeschlagen zu haben. Aber nach allem, was mir mein langsam arbeitender Verstand verriet, war ich eh in eine Art psychisches Minengebiet geraten, und es erschien mir deutlich angezeigt, Nicoles Worten einfach bedingungslosen Glauben zu schenken, denn das Letzte, was sie meiner beschränkten Ansicht nach, gerade aus einer perversen Paarbeziehung geschlüpft, gebrauchen konnte, war ein Mangel an Respekt ihren Grenzen gegenüber.

Trotzdem polterte es ziemlich ungelenk aus mir hervor: «Und was war das neulich?»

Sie streckte den Kopf vor und hob fragend die Augenbrauen.

«Du hast mich eingeladen.»

Sie verstand immer noch nicht.

«Zum Spazierengehen. Du wolltest wissen, was mit mir los war. Du wolltest wissen, ob du irgendwas falsch gemacht hast.»

«Ich?»

«Im Park.»

«Und? Darf man das nicht? Ich meine, wir haben uns kennengelernt, darf man sich dann nicht noch mal unterhalten?»

Inzwischen hatten sich ihre Hände von meinen gelöst, ich zog sie unwillkürlich vom Tisch.

«Doch, man kann sich unterhalten, klar doch, *doch*. Es ist nur so, äh … Du hast mich zum Spazierengehen eingeladen …»

«Ich weiß, Phillip, ich war dabei.»

«Du wolltest, dass ich einen Kniefall vor dir mache.»

Sie zog die Schultern an die Ohren und prustete los.

«Ich hätt's beinahe gemacht!», empörte ich mich, es kam mir selber übertrieben vor.

Sie prustete noch mal: «Das war doch Quatsch!»

«Und wohin soll der Quatsch führen?»

Sie zuckte die Schultern, leckte sich über die Lippen und trank die Pfütze aus, die ich ihr gelassen hatte.

«Ich glaube dir nicht.»

Die Flasche abstellend, sah sie mich mit einem Blick an,

der echt wenigen Menschen auf dieser Welt, André Hellinger vielleicht, zu wünschen war.

«Was?», fragte sie. «Was glaubst du mir nicht? Das mit den –»

«Die Bettgeschichten schon. Jedenfalls halb. Dass du nicht auf 'ne Beziehung aus bist ...»

Nach einer Weile, in welcher der Sekundenzeiger erbarmungslos über den ansehnlichen Bizeps der amerikanischen Arbeiterin tickte und Nicoles Zeigefinger dazu mit dem Takt auf und nieder ging, sagte ich: «Entschuldigung», und erhob mich. Ich meinte es so und fügte, meinen Rucksack greifend, hinzu: «Wenn du nichts dagegen hast, würde ich gerne das Bier aus dem Kühlschrank noch mitnehmen.»

Ich konnte schon ihre Faust auf mein Nasenbein krachen spüren, da, mit einem Mal, lachte sie. Sie lachte übers ganze Gesicht und sagte: «So schnell kommst du mir nicht schon wieder ungeschoren davon. Das trinken wir noch zusammen.»

(Ich weiß auch nicht, wie das mit den Witzen funktioniert, aber meistens lachen die Leute, wenn man einfach nur die Wahrheit sagt. Das ist mein voller Ernst, und es soll nicht wie eine Weisheit klingen [ich hasse Weisheiten], es entspricht einfach meiner Erfahrung.)

Ich zuckte die Schultern. «Auch okay», obwohl ich überhaupt nichts mehr verstand und weit, weit hinter einem Rauschen in meinen Ohren Ralfs Stimme hören konnte: Wann kannstes vorbeibringen?

Als hätte ich in den zehn Minuten, die ich nun schon in ihrer Küche saß, nicht genug zum Wundern gehabt, drückte Nicole mich an den Schultern zurück auf meinen Platz und holte die zweite Flasche raus: «Eigentlich bist du cool, Phillip.»

«Ich fühl mich hundeelend, ehrlich gesagt.»

«Ich war noch nicht fertig. Ich sagte: *eigentlich*. Aber: Du denkst zu viel.»

Ich widersprach mit einem Kopfschütteln, denn als *Denken* würde ich mein zielloses Verhaspeln in Banalitäten nun nicht gerade bezeichnen.

«Was denkst du so?»

«Nichts Besonderes», sagte ich und stierte vor mich. In diesem Moment war selbst das eine Lüge, denn ich dachte rein gar nichts. Eine Weile später, ich konnte ihren Blick auf mir spüren, zuckte ich die Schultern und sagte: «Mein Vater hat noch einen Brief geschrieben.»

«Brief?», rätselte sie. «Ah, jajaja, an Margot.»

UM MICH ENDLICH WIEDER KURZ ZU FASSEN: Es machte mir nichts aus, davon zu erzählen, schließlich hatte ich ja beschlossen, die Sache als nebensächlich zu betrachten. Zudem erleichterte mich Nicoles Interesse für ein anderes Thema, eines, das weniger mit mir und ihr und krankhaften Beziehungen zu tun hatte, ungemein. Also, warum nicht?, erzählte ich alles, was in den beiden Briefen stand (ein paar Sachen, die mich betrafen, ließ ich aus) und dass Paps den zweiten Brief einem Paket mit Kohlrouladen beigelegt hatte. Als ich Nicole davon berichtete, wie ich nach dem Verstauen des Päckchens im Abrisshaus beinahe von Herrn Seiferts Fußhupe attackiert worden war, lachte sie mindestens zum siebzehnten Mal. Ich bin ehrlich nicht der Typ, der gerne witzige

Anekdoten zum Besten gibt, nichts daran fand ich besonders komisch, aber je mehr ich erzählte, umso mehr hatte ich das Gefühl, dass ich es des Gesprächs wegen tat, platt gesagt: um Nicole zu erfreuen. Nicht damit ich ihr gefiel, sondern damit sie alles von der Geschichte mitbekam. Sogar den Streit mit meinem Vater heute schilderte ich ihr. Normalerweise, wenn ich denn überhaupt was zu berichten hatte, ging ich doch lediglich auf das Nötigste ein; normalerweise war ich so was wie ein Sparfuchs in menschlicher Kommunikation, und jetzt redete ich und redete ich, ohne einen Gedanken daran zu verschwenden, ob meine Geschichte irgendwen (in dem Fall Nicole) anöden oder nerven könnte, denn im Gegenteil: Sie amüsierte sich über jeden einzelnen Satz, den ich über das plötzliche Getippe meines Vaters sagte, sag ich mal.

Die Mitbewohnerin hieß Meret, sie hatte sich den ganzen Nachmittag mit ihrer Musik im Bad eingeschlossen und kam dort auch nicht raus – Nicole murmelte etwas von einer komplizierten Aktion, sich mit Henna die Haare zu färben und die Finger zu bemalen, was ursprünglich Nicoles Job sein sollte, aber auf diese albernen Kinkerlitzchen hätte sie ungefähr so viel Bock wie zum Rasenmähen. Ich fragte besser nicht nach. Wir siedelten, weiterredend, in Nicoles Zimmer über, wo ich wählen durfte, ob ich mich besser in den einzigen Sessel oder auf die Matratze am Boden setzen wollte, mich aber nach allem, was ich zuvor *verstanden* hatte, für den Sessel entschied, obwohl ich nicht wusste, was wohl die angenehmste, aber nicht unhöflichste Position darin war. Ich dachte, eine Pascha-Haltung käme jetzt wohl ungünstig. Nicole setzte sich, die Beine über Kreuz, Schneidersitz, auf den Boden. Hätte ich auch draufkommen können. Nach der

Erzählung über meinen Vater fielen auch Nicole ein paar Situationen von ihrer Arbeit im Therapiezentrum ein, von ihrem Lieblingspatienten Franjo, der eigentlich Frank-Joachim hieß und ihr fast täglich Geschenke, selbstgebastelte oder eigentlich für ihn bestimmte, vermachte. Einen Tick weit war Franjo aber kreuzgefährlich, weil er an Beißattacken litt (besser gesagt: Andere litten an seinen Beißattacken, konkreter: Nicole und ihre Kolleginnen). Ich hatte zum ersten Mal von so etwas wie Beißattacken gehört und war von ihren Schilderungen mindestens genauso schwer beeindruckt wie eben auch von der Tatsache, dass Nicole es so lange mit mir in einem Raum aushielt, ohne sich zu langweilen, das Handy zu zücken oder mir vorzuwerfen, dass man mich ja nicht gerade als Energiebündel bezeichnen konnte. Sie zeigte mir eine Narbe, die ihr Franjo verpasst hatte, sie war noch recht frisch und am linken Unterarm. Ich musste mich ein bisschen herunterbeugen und wäre beinahe aus dem Stuhl gekippt. Nicole zog mich neben sich und zeigte mir weitere nachhaltig sichtbare Verletzungen, was ich schon wieder verdammt nah an grenzwertig fand, weil es auf eine Annäherungsmasche hinauszulaufen drohte, die einerseits der vorher von Nicole postulierten Unlust, eine engere Beziehung einzugehen, widersprach; andererseits kannte ich sie irgendwoher, aus Filmen, früher schon mal erlebt oder bei anderen gesehen; aber solche Gedanken schien sie sich nicht zu machen, sie war nicht nur mittendrin in dem, was sie sagte, sie blieb auch dort, sie zweifelte nicht und fragte sich nicht, ob es vielleicht abgelutscht oder (ich komm nicht drauf, wie) wirken konnte, was sie sagte oder eben tat. Ich glaube, im Gegensatz zu mir packte sie in Gedanken nicht ständig die gegenwärtige Situation auf eine Waage, auf der allgemeine soziale Verhaltensregeln chimärenhaften Wie-werde-ich-mir-selbst-gerecht?-Werten gegenüberlagen. Sie zeigte die Blessuren ihres Körpers, sie zeigte sich und hatte keine Spur Scham dabei. Die Narbe auf ihrer Stirn kam daher, dass ihr großer Bruder Jörg sie einmal in einem Puppenwagen um den Block geschoben hatte, sie war drei Jahre alt, der Puppenwagen bekam Schräglage, rollte weiter, kippte, und sie schrammte mit ihrer dreijährigen Stirn über den frischen Beton. Ein andermal hatte ihr Jörg einen nagelbeschlagenen Knüppel ins Bein gejagt, als sie Ritter spielten. Sie zog ihr Hosenbein hoch, et voilà, schon ihr linkes Knie konnte es mit André Hellingers Knöcheln aufnehmen. Am linken Oberschenkel, kurz überm Knie, zeigte sie mir die kleine hakenförmige Narbe, die ihr Bruder gerissen hatte, weil der Nagel ja nicht einfach drinbleiben konnte, und hau ruck, hatte er die Sache wohl nicht ganz sauber zu Ende gebracht. Die meisten heute noch präsenten Wunden hatte Nicole sich bei Stürzen geholt, bei denen irgendwelche Fahrzeuge eine Rolle spielten, Skateboards und Fahrräder, sie konnte die Narben erstaunlich gut auseinanderhalten und holte dann, die Hose unter ihrem Rock bis zu ihren Knöcheln nach unten ziehend, zum endgültigen Schlag in Sachen Preisgabe sämtlicher biometrischer Daten aus: «Die ist von einem Autounfall. Ich saß vorne und war nicht angeschnallt. Mein Kumpel Volley» – ich glaube nicht, dass ich mich verhört hatte – «ist von der Straße abgekommen, weil irgend so ein verdammter Idiot einen auf Geisterfahrer gemacht hat. Wir sind im Graben gelandet, das war ein offener Bruch, ganz schön eklig. Sie haben mir

Schrauben reingesetzt. Hier, hier und hier, fass an.» Sie griff meine Hand und führte meinen Zeigefinger über ein paar Unebenheiten auf einer ziemlich langen Wulst in Lippenrosa. «Merkst du's?» Ich nickte und beäugte respektvoll und fachmännisch das Meisterwerk. (Ihren weißen Slip ignorierte der Narbenkenner selbstredend.) Plötzlich sah sie mich mit offenem Mund an.

«Ich rasier mir nicht jeden Tag die Beine», sagte sie gereizt, «ist mir viel zu blöd.» Erst jetzt fielen mir die winzigen Kommata auf ihrer Haut auf. Sie zog die Hose wieder hoch, bäumte beim Zuknöpfen der Jeans ihre Hüfte wie bei einer anstrengenden Yogaübung nach oben.

«Warum machst du's denn überhaupt?», sagte ich.

In ihren Augen blitzte ein entschlossen forschender Glanz. Sie schien etwas abzuwarten, um dann «Wie alt bist du, Phillip?» zu fragen.

Ich zuckte die Schultern. Sie langte nach meinem Rucksack, den ich mit in ihr Zimmer genommen hatte, weil ich ihn sonst nur vergaß, und zog mein Portemonnaie heraus. Ich versuchte zu protestieren, aber es kam mir wie in einem bescheuerten Liebesfilm vor, gleich balgen und kitzeln sie sich. Nachdem sie sich ausgiebig über mein Foto amüsiert hatte, stellte sie fest, dass ich zwanzig sei.

«Neunzehn», korrigierte ich.

«Nächsten Mittwoch bist du zwanzig. Und immer noch Jungfrau!»

Ich sagte «Pff» und leugnete nicht, weil ich bei meinem Vater heute schon genug gelogen hatte. Sicher wäre es richtig gewesen, ihr zu sagen, dass ich mich selber als nur halb unschuldig betrachtete, seit der letzten Nacht auf einem Festival (ja, Metal), auf das wir vor zwei Jahren, Urzeiten her also, mit Ralfs altem Golf gefahren waren. Ralf und seine Freundin Sanne hatten sich die ganzen drei Tage, die wir dort in einer ehemaligen Kiesgrube verbrachten, in den Haaren, was nichts Ungewöhnliches war. Wie um mit ihnen in Sachen erwartungsgemäßes Verhalten ja bloß mitzuhalten, hatte ich mich viel zu schnell hackedicht geschossen und schlief bereits selig in meinem Zelt, als *die* Band spielte, deretwegen wir die ganzen fünfzig Kilometer Weg auf uns genommen hatten. Sanne weckte mich mit Streicheleien und Küssen auf dem Gesicht, also meinem. Die Küsse gingen weiter, wir sprachen nicht viel (gar nicht), aber es endete damit, dass ihr Mund sich in meine tiefer gelegenen Regionen verzog und ich nach einer Weile traurig wurde, weil ich sie nicht mehr neben mir sah und mir dämmerte, dass es nicht um mich ging, sondern um einen Akt, den sie gerne mal vollzogen hätte, vielleicht aus Mitleid mit mir, vielleicht aus Rache an Ralf. Ich kam nicht und bat Sanne, ehe sie sich noch einen steifen Hals oder so was holte, das Entsprechende doch wenigstens bei ihr versuchen zu dürfen, sie lehnte ab und war schneller wieder aus dem Zelt verschwunden, als ich nach den näheren Gründen hätte fragen können. Am nächsten Morgen war ich als Erster auf. Ich saß und starrte auf die Landschaft aus Zelten, gelben Mülltüten, Bierkästen und vereinzelten, friedlich Arm in Arm dösenden Pärchen auf einem zertretenen, verschlammten Rasen. Sebastian, der selbst hier irgendwelche Termine hatte, zog irgendwann den Reißverschluss seines Zeltes auf, war nach einem Mal Strecken wie kalt geduscht und mit hundertvierzig Kannen Kaffee gedopt. Er zwinkerte mir zu und schritt eiligst davon. Als er wiederkam, sagte er: Sitzt du immer noch da? Es waren drei Stunden vergangen, das Festival hatte allmählich wieder eingesetzt, basslastig zu wabern, und langsam quälten sich die übrigen Zerschlagenen aus den Zelten, versuchten, ihre körperliche Kaputtheit mit sinnlosen Scherzen zu übertünchen, die erste Tüte wurde gedreht, das erste Bier zur Dose Ravioli geöffnet, und Sanne tat, als wäre nichts geschehen. Ralf, der sie sonst ständig irgendwelcher Anbändeleien mit anderen Typen verdächtigte, verhielt sich mir gegenüber nicht anders als sonst, wahrscheinlich weil ich mich in seinen Augen (im Übrigen auch in meinen und mit sehr hoher Wahrscheinlichkeit auch in Sannes) als verkifftes Neutrum nicht einmal für den Verdacht eignete. Ich fragte mich, ob ich mir das alles nur eingebildet hatte, und hielt den ganzen Tag die Klappe, aber das war ja nicht neu. Wir kamen erst am späten Nachmittag los. Sanne sorgte beim Einsteigen dafür, dass sie Ralf nur ins Genick starren musste und dass Sebastian zwischen uns beiden auf der Rückbank saß, der in gewohnter Manie, äh, Manier in einem Schwall redete und redete, den üblichen Gestikgulasch abzog. Sie amüsierte sich prächtig über seine Witze. (Kleiner zusätzlicher Exkurs auf dieser abwegigen Wanderung: Obwohl Sebastian mein Freund ist, kann ich seine Art oft nicht ausstehen. Die Art des Komikers. Ich kann Komiker nicht leiden, weil sie auf Umwegen versuchen, Eindruck zu schinden, und ziemlich offensichtlich irgendeinen Mangel zu kompensieren scheinen – jedenfalls die schlechten, wohingegen die besseren unter den Clowns der alten Devise folgen, dass nur eine handfeste Depression Garant für ein unerschöpfliches Repertoire an Humor sein kann. Manchmal frage ich mich, ob meine Comics deswegen nur mäßig witzig sind. Haha. Klammer zu.)

Dass Nicole ungeniert weiter in meinem Portemonnaie stöberte, hinderte mich an einer ausführlicheren Erörterung, was Sebastian in meiner Lage wohl getan hätte – vermutlich das Blatt irgendwie für sich gewendet und Nicole frech zu einer Übungsstunde überredet. Ich war auch heute nicht Sebastian, und Nicole rief außerdem plötzlich: «Na, euch geht's ja gut bei der ABM!» Schneller, als ich meine Gedanken sortieren und erklären konnte, wofür das Geld gedacht war, hatte sie es schon an sich genommen. Ich protestierte und versuchte, es zurückzukriegen, und befand mich schlagartig doch in dieser Art Gerangel, wie ich es wenige Augenblicke zuvor noch befürchtet hatte, ließ mich von ihr auf den Boden werfen, schnappte sie am Hosenbein und zog sie an mich, beugte mich über sie, versuchte ihre Finger zu entkrallen und die Geldscheine, die schon jetzt aussahen wie gebrauchte Taschentücher, aus ihrer Faust zu lösen. Ihr Atem hämmerte in mein Gesicht, und sie sagte, dass sie es mir für weit weniger gemacht hätte, aber gut. Was ein Scherz sein sollte, ich weiß, ich meine, das wusste ich, ich verstand ihn nur nicht oder wollte ihn noch mal hören, ich sagte: «Was?» Etwas lauter wiederholte ich – es sollte wie eines dieser wiehernden Lachen klingen, Wa-ha-ha-has, aber ich fürchte, ich war einfach nur laut, laut und scharf: *«Was?!»*

«Schon gut, geh von mir runter, ja?»

Ich nahm mein Portemonnaie, stopfte es in den Rucksack und sah mich um, ob ich nichts vergessen hätte, wenn ich ginge. Meine Fingerspitzen stießen auf etwas, Leinen. Ich wusste sofort, dass es Gorkis Mutter war, und zog das Buch samt Brief hervor. Ich reichte den Umschlag hinter mich, schließlich hatte mir Paps' Schreiberei an Margot heute schon mal geholfen.

«Warum gibst du's ihm nicht zurück? Ist immer noch seine Sache», hörte ich Nicole hinter mir, nachdem sie das Schreiben aufgefaltet hatte. Zumindest das funktionierte. Sie duldete mich also immer noch in ihrer Bude.

«Und wenn er's ihr schickt?»

«Schickt er's ihr, na und?»

«Die wird doch nicht antworten.»

«Ist ihre Sache.»

«Dann schreibt er den nächsten Brief.»

«Bin ich gespannt drauf. Ist aber auch seine Sache.»

«Ich versteh's einfach nicht ...», sagte ich, ohne mich umzudrehen.

«Vielleicht gibt's da nicht viel zu verstehen. Er hatte die Idee. Macht's. Fertig, aus. Also, ich mag die Geschichte. Ich wette, er ist ein cooler Typ wie du.»

«Er ist arschsauer. Und ich bin nicht –»

«Warum hast du's denn nicht abgeschickt? Schick's doch jetzt einfach ab. Per Einschreiben, dann hast du einen Nachweis, dass sie's gekriegt hat. Oder dass sie's nicht gekriegt hat, was weiß ich ... Was kann schon passieren? Nimm's doch nicht so wichtig ...»

«*Er* nimmt es wichtig, nicht ich. Er hat gesagt, wenn es bis morgen nicht in der Wohnung ist, dann war's das.»

«Was?» Sie hakte nach. «Was war's dann?»

«Keine Ahnung. Dann dreht er durch. Schmeißt er mich raus oder so.»

Nicole zündete sich eine Zigarette an, blies den Rauch aus: «Gib's ihm zurück.»

Ich ertrug die darauf folgende Stille kaum, dehnte sie aber so lange wie möglich, um schließlich in meinem Rucksack, die Idee kam mir genauso plötzlich wie alles, was mir einfiel, auch nach Stift und Papier zu kramen. Ich warf einen Blick über die Schulter. Nicole sah beides an.

«Ich würde ihm ja antworten, aber meine Schrift kennt er.»

Sie hatte verstanden, behielt sich aber das Gesicht einer misstrauischen Expertin vor: «Warum schreibst du's nicht auf dem Computer?»

«Frag mich nicht, was er für ein Problem hat, aber blöd ist er ganz sicher nicht.»

Nicoles Augen leuchteten wieder. Sie versuchte, es zu verbergen, aber so allmählich zuckte auch das schelmenhafte Grinsen in ihren Mundwinkeln auf, für das man Kaninchenbabys töten könnte. Ich zumindest.

«Deine Schrift ist weiblich», blieb ich bei meinem ernsthaften, hilfesuchenden Ton. «Außerdem kennt er sie nicht.»

Nicole zog die Skepsis durch: «Was bitte schön ist eine weibliche Schrift?»

«Das weißt du doch. Frauen schreiben schöner, weicher.»

«Soll das denn heißen?»

«Dass du schöner schreibst.»

«Du klingst, als hättest du meine Schrift schon mal gesehen. Abgesehen davon wird die Honecker ja wohl eher altertümlich schreiben. Eher so wie meine Oma oder so. Das ist eher eine Frage von Generationen als von männlich-weiblich, wenn du mich fragst», sagte sie und blies, die Schreibutensilien fixierend, Rauch durch die Nase. Sie wollte überredet werden. Na gut, wenn es mir schon nicht in anderen Bereichen gelang, sie zu verführen, hier gab ich mein Bestes:

«Dann mach es altertümlich.»

«Hä?»

«Na ja ...»

«Mit Schnörkeln und Runen? Kann ich nicht.»

«Runen? Runen sind was anderes. Nazis schreiben Runen.»

«Frag die doch!»

«Frau Honecker schreibt keine Runen. Die ist kein Nazi.»

«Nicht?»

«Verarschen kann ich mich alleine.»

«Du wirst einen Poststempel aus Ecuador brauchen.»

«Chile.»

«Dann aus Chile. Das glaubt der doch alles nicht.»

«Hast du schon mal Post aus Chile bekommen?»

Nicole machte keine Anstalten zu antworten.

«Ich auch nicht. Ich druck eine Briefmarke aus und rubbel die zurecht ...»

«Was krieg ich denn dafür?»

Bäms. Da war sie wieder: diese herausfordernde Intonation, diese Sicherheit in ihrem Blick, in ihrer Stimme, die mich ohnmächtig machte und alles so unverschämt offenließ. Das Kaninchen blieb ich.

Sehr geehrter Herr Odetski,
vielen Dank für Ihren Brief, obwohl er mich mit Ihren privaten Umständen geltender Sorge erfüllt und mich dazu veranlasst hat, mich nun endlich, spät und verspätet, aber hoffentlich nicht zu spät, zu der Antwort durchzuringen, die Sie verdient haben. Leicht werden Sie als der einfühlsame Charakter, der sich mir aus Ihren Worten konturiert, begreifen, wie unsäglich schwer mir das Festhalten dieser Zeilen fällt, da eine Schilderung wie die Ihre über die allgemeine Verfasstheit unseres Landes – eines Landes, dem mein geliebter Wegbegleiter Erich und ich, nach bestem Wissen und Gewissen, zu dienen uns verpflichtet sahen – und der konkrete biographische Niederschlag der Umwälzungen in Ihrem persönlichen Leben alte wie neue schmerzhafte Wunden reißt. Als von den einschneidenden historischen Prozessen Besiegte sah ich mich in den letzten Jahren veranlasst (und in dem Exil, in dem ich mich, innerlich gespalten zwar – das Herz will ins Vaterland, der Verstand realisiert die Unmöglichkeit, diesem Wunsche nachzugehen –, aber glücklich aufgehoben weiß, hatte ich ja genug Zeit dazu), die vergangenen vier kurzen Dekaden unseres sozialistischen Versuches Revue passieren zu lassen. Nach recht harten inneren Kämpfen, die sich in mir und vor meinem Gewissen abspielten, war auch ich dem Abgrund ohnmächtiger Erstarrung und Resignation nicht fern. (Sie werden sich vorstellen können, wie riesig sich die Leere in meinem Herzen ausnimmt, die das Scheiden meines

lieben Erichs hinterlassen hat.) In einer Stunde tiefsten Entsetzens über das eigene Versagen und großer Ratlosigkeit gegenüber dem, was mir einst so sinnvoll erschienen war, griff ich nach einem Buch, das mich seit meiner frühesten Jugend begleitet hat, dessen bloßes Beisein mir über die Jahrzehnte stets Trost gespendet hatte und dessen Inhalt zu kennen ich mich sicher glaubte. Es handelt sich um Gorkis Mutter. Sie werden es vielleicht kennen. Eigentlich ziellos herumblätternd, fand ich in der Rede des jungen Arbeiters Pawel vor Gericht meine Lieblingsstelle, die mit den Worten endet: «Der Sozialismus vereint die von Ihnen zerstörte Welt zu einem großen, einzigen Ganzen, und das wird kommen!» Dass es nicht so gekommen ist, wissen Sie, Herr Odetski, wie ich; in meiner Ratlosigkeit jedoch glänzte der Satz wie das Lodern im heimischen Kamin. Ich nahm mir die ganze Rede Pawels vor und stolperte über eine Stelle, die bei Gorki auf das barbarische zaristische Gericht gemünzt ist: «Sie sind geistig versklavt, wir nur leiblich. Sie können dem Druck und den Gewohnheiten nicht entrinnen, einem Druck, der Sie seelisch getötet hat; uns hindert nichts, innerlich frei zu sein.» Ich fragte mich, wie ich mich verhalten würde, wenn man dieselben Sätze mir gegenüber äußern würde, und mir fiel es wie Schuppen von den Augen, dass auch wir, mein Mann Erich, die guten und immer treuen Genossen in der Partei und im ZK, durchaus nicht dem Druck und den Gewohnheiten entrinnen konnten. Waren auch wir also geistig versklavt? Nach

Ihrem Schreiben fällt mir nichts anderes ein, als dass es so gewesen sein muss, und ich kann Ihnen nur meine tiefe Entschuldigung aussprechen, Herr Odetski. Wie fundamental und Leid für Unzählige bringend war es, diesen Satz nie in seiner immanenten Bedeutung zu begreifen – als einen kategorischen Imperativ auch im Aufbau einer besseren Welt. Ich bin sicher, dass Sie das Ihrige für die bestmögliche Entwicklung Ihres Sohnes getan haben; nun wird es Zeit, dass nicht der Sohn, der seine eigenen unsicheren Schritte in diesem durchaus nicht ganz richtigen Leben geht, sondern der Vater, den nichts hindert, zumindest «innerlich frei zu sein», den Fuß auf ein Neuland setzt, das ich in meinem Alter nicht mehr zu betreten wage. Ich habe genug Fehler für dieses Leben begangen. Sie aber sollten den Blick nach vorne richten.

Herzlichst

Ihre Margot

Ich verstaute den Brief in meinem Rucksack. Dass er dort ein paar Tage zubringen musste, bevor mein Vater ihn in die Hand bekam, schien mir unerlässlich, weil das Manöver sonst schlicht auffiel. Außerdem war ich sicher, dass man dem Briefumschlag nach ein paar Tagen in dieser Tasche auch eine Reise aus dem tiefsten lakandonischen Dschungel abkaufen würde – das war ein Erfahrungswert. Blieb also ein bisschen unangenehme Zeit zu überbrücken, in der Paps sich mir gegenüber in eisiges Schweigen hüllen würde – war ich etwas anderes gewohnt? Mit einem härteren Vorgehen rechnete ich jedenfalls nicht. Dass diese Tage ein ziemlich hartes Brot sein würden (ich mach Sie schon mal heiß), ahnte ich zu diesem Zeitpunkt natürlich nicht.

Nachdem ich Nicole ziemlich angetrunken (und «unberührt», zumindest von mir) in ihr Bett bugsiert und mich zum Verlassen der Wohnung entschlossen hatte, langsam durch die blaue Stunde zwischen vier und fünf Uhr morgens getrottet war, die Straßen leer und schön wie eine Landschaft nach dem Einschlag einer humanbiologischen Waffe, die Haustür aufschloss – schlief er noch.

Lautlos verschwand ich in meinem Zimmer und stellte den Wecker auf acht. Natürlich verpennte ich, wurde aber auch nicht durch das sonst übliche sanfte Klopfen zum Frühstück gebeten. Durch die Wand hörte ich den Fernseher, Nachrichten. Ich musste aufs Klo und ging raus. Auf dem Rückweg streifte mein Blick über einen maschinengeschriebenen Zettel auf dem Telefon:

`Da du zu keinem vernünftigen Gersäch inder Lage bist, dieser Weg. Phillip. XXXXXX Wenn du das Paket noch hast, bitte giob es mir. Es ist wichtig!!`
`P.`

`P.S. Jemand hat angerufen. Weiblich,.`
`Ralf auch`

Im Fernsehen liefen Nachrichten über Hochwasser in Tschechien, Sachsen und Bayern – Tilo dürfte sich die Hände reiben. Tief Ilse würde zu erheblichen Hochwassern in

Ostdeutschland führen. Na, hoffentlich, dachte ich. Den Bildern von Flüssen und herumstehenden Löschfahrzeugen folgte ein Bericht von der gewaltsamen Vertreibung zweitausendneunhundert weißer Farmer in Simbabwe. Paps sah nicht auf.

«Jung oder alt?», fragte ich.

Keine Antwort.

«Die angerufen hat – war sie jung oder alt?»

Er zuckte die Schultern, ohne den Blick vom Fernseher zu lösen. Pakistan wurde nach dem Überfall muslimischer Fundamentalisten auf ein christliches Krankenhaus als brandgefährlich eingeschätzt. Nord- und Südkorea verhandelten mal wieder über gegenseitige Besuche voneinander getrennter Familienangehöriger.

«Hat sie was gesagt?»

Noch immer starrte er ungerührt auf den Fernseher. Ich schnappte mir das Telefon und ging damit in mein Zimmer. Aus dem Stand kamen mir nur zwei mögliche Anrufer in den Sinn: Frau Köck, die mich über den nächsten Einsatzort oder irgendeine zusätzlich veranlasste Maßnahme wegen meines Fehlverhaltens innerhalb der veranlassten Maßnahme in Kenntnis setzen wollte, oder, tja, war das nun wünschenswert oder nicht, Sie wissen, wer. Ich legte den Hörer auf den Schreibtisch und suchte nach Worten, mit denen ich das Gespräch beginnen könnte, nahm ihn, legte ihn wieder hin, sah aus dem Fenster, konnte Herrn Seifert nirgends sichten, und ich verfluchte meine abscheuliche Schüchternheit, wenn es die denn war – vielleicht handelte es sich einfach nur um einen eklatanten Mangel an Entschlusskraft in jeglichen Bereichen. Postmoderne Klammer auf: In diesem Fall eher nicht, albernes Stilmittel zu. Dachte ich dagegen an sie, also Nicole, konnte ich mir nicht vorstellen, dass sie auch nur mit der Wimper gezuckt hätte, mich oder sonst wen in dieser Welt anzurufen. Ungelogen, ich verbrachte eine halbe Stunde vor dem kleinen grauen Hörer, ehe ich endlich ihre Nummer wählte und die grüne Telefonhörertaste drückte.

Eine Art Besetztzeichen war zu hören, nur schneller. Ich versuchte es noch mal, mit demselben Resultat.

«Stimmt irgendwas mit dem Telefon nicht?», rief ich, ohne eine Antwort zu erhalten. Ein kleiner Kontrollgang im Flur beförderte den Grund für das seltsame Signal zutage: Das Anschlusskabel war aus der Telefondose gezogen worden.

Ich meckerte halblaut: «Ich warte auf einen Anruf!» Er nahm mir die Sache mit dem Päckchen wirklich krumm. Nachdem ich den kleinen Stecker wieder an seinen Platz gedrückt hatte, zog ich mit dem Hörer zurück in mein Zimmer, Tür zu. Ich kramte mein Handy hervor, um die Nummer zu suchen – der Akku hatte über Nacht den Geist aufgegeben. Zum Glück behielt ich mir die Gewohnheit bei, Nummern noch handschriftlich festzuhalten.

Nicole ging nicht an ihr Handy, und auf der Festnetznummer fragte mich die Mitbewohnerin, die irgendetwas Schnurpsendes kaute, Gemüse vielleicht, ob Nicole nicht seit langem plante, an diesem Wochenende mit ein paar Kumpels an den See zu fahren. Sie wollte doch morgen erst zurückkommen, oder? Als hätte ich das wissen müssen. Auch wenn es am vorherigen Abend nicht zu dem Geschreibe gekommen wäre und selbst wenn wir nicht bis zum Morgengrauen zusammengesessen hätten und selbst wenn nur ich in meiner unendlichen Einbildungskraft ein winziges Knistern in der Luft zwischen uns zu spüren glaubte und sie am nächsten Tag mit Brad Pitt für drei Monate nach Hawaii geflogen wäre, es sollte mir recht sein, weil es ihre Sache war – das Einzige, was mich an den Worten der knackig kauenden und ewig unsichtbaren, Henna-affinen Mitbewohnerin trotzdem störte, war, dass Nicole es offensichtlich nicht in Erwägung gezogen hatte, mir davon zu erzählen. Es erwischte mich wie ein eiskalter nadelfeiner Stich. Ob ich ihr etwas ausrichten wolle, schnurpste Meret ins andere Ende der Leitung. Nee, nee, schon gut. Na dann. Die Mitbewohnerin biss herzhaft zu und legte auf.

Muss ich erklären, warum ich meine Vorgesetzte Frau Köck nicht anrief?

Ich setzte mich an meinen Schreibtisch und druckte ein Bild der nächstbesten chilenischen Briefmarke aus, die ich fand. Schnipp-schnapp. Fertig. Danach schüttelte ich fassungslos den Kopf darüber, was ich gerade getan hatte, stopfte das Ding in meinen Rucksack und kramte in den Papieren herum. Eine Notiz fiel mir ins Auge: *Man kann sich verstellen, wie man will, entweder man mag es, wenn die Leute abgefuckt sind, oder nicht. Ich hab mein Bestes gegeben.* Normalerweise setzte ich unter so eine Zeile einen kleinen Comic, welcher der Aussage irgendwie widersprach, mir schwebte ein Rettungsschwimmer vor, der einen Parkplatz rettungsschwimmertechnisch überwacht. Ich nahm einen Stift, doch anstatt eine Zeichnung darunterzukritzeln, strich ich die Sätze durch. Sie waren nicht nur ohne jeden Witz (ich hatte Sie gewarnt), sondern genauso schwachsinnig wie der Brief, den Nicole und ich letzte Nacht geschrieben hatten. Während ich mit meinen Comics so tat, als hätte ich Wichtiges vor im Leben, war der verdammte Antwortbrief auch nur ein blöder Vorwand, die Zeit mit Nicole in die Länge zu ziehen, und was sich letzte Nacht noch als ein möglicher Anfang dargestellt hatte, war aus einiger Distanz betrachtet nur ein amüsanter Abend mehr in ihrem Leben. Mit Kumpels am See. Ich vergrub die Hände in den Haaren und saß ewig so da. Falls sich das für Sie irgendwie schlimm oder deprimierend anhört, möchte ich Sie zumindest teilweise enttäuschen, denn freie Zeit mit Nichtstun totzuschlagen ist wahrscheinlich die einzige Übung, die ich in meinem Leben mit Bravour absolviert habe, und ich würde nicht ohne Stolz behaupten, es darin zu einer Art Meisterschaft gebracht zu haben. Dennoch, Sie haben ja recht, ja verdammt, ich war im Arsch.

Das Telefon klingelte, blitzschnell war ich dran.

«Wo steckst du?», bellte ein gehetzter Ralf. «Ich versuch die ganze Zeit, dich zu erreichen, Junge, aber du gehst ja nich an dein verdammtes *Tele*fon!»

Ich erklärte ihm, dass was Dringendes dazwischengekommen war, was meiner Ansicht nach sogar stimmte, jedenfalls hatte es gestern so ausgesehen. Nun würde ich mich auf den Weg machen. Ralf schien das nur milligrammmäßig zu erleichtern, er beschwor mich ein paar Dutzend Mal, ja heute noch vorbeizukommen, am liebsten sofort.

«Du kannst dich auf mich verlassen», sagte ich, so schwer mir diese Worte auch über die Lippen kamen, denn *am liebsten* hätte ich mich heute in ein Weinfass gebettet und niemanden mehr gesehen. «Ich komme.»

Kaum hatte ich aufgelegt, rief er wieder an. Ich wiederholte mein Versprechen und sagte, dass ich mich jetzt auf der Stelle anziehen würde.

Als ich ohne Eile das Telefon zurück zur Ladestation brachte, traf ich Paps zufällig im engen Flur. Er lehnte mit dem Rücken an der Wand und zog, fast hüpfte er, den Bauch ein, damit ich an ihm vorbeihuschen konnte. Kein Ton kam über seine Lippen.

ICH WEISS, ES INTERESSIERT SIE NICHT, aber auf dem Weg zu Ralf lief ich an einer kleinen Prozession vorbei. Sie wurde angeführt von zwei munter springenden, aschblonden Kindern. Der Junge trug ein weißes Hemd und eine knallbunte Weste, schwarze, gelackte Schuhe; das Mädchen, etwas älter, fühlte sich pudelwohl in einem rosa Kleid, das aus irgendeiner Art Plastik hergestellt zu sein schien und dem einer Puppe glich. Der Hand des Jungen ausweichend, der es zu fangen versuchte, drehte das Mädchen sich im Kreis, sodass der Saum des Kleides wie ein Reifen um seine Hüften flog. Ein paar Meter hinter ihnen folgte eine dichte Traube von mehr und weniger fülligen Erwachsenen. Opa, dessen Augen nass auf den Enkelchen lagen, schleppte stolz die Zuckertüte und trug den eckigen Ranzen auf einer Schulter – an ihm wirkte er winzig, wie angepappt. Ein Mann Mitte dreißig filmte mit seiner Videokamera in einem fort den dahinmarschierenden Adipositas-Genpool, die lachenden Frauen, Arm in Arm, die Mutter, die Omas, die Tanten. Er nahm seinen Job so ernst, dass er, gemessen an seinem stattlichen, prall mit Schwenkfleisch und Köstritzer Schwarzbier gefütterten Bauch, einen recht beachtlichen Sprint hinlegte, um weit genug vor die Kinder zu gelangen. Seine Knie knackten wie platzende Luftpolstertaschen, als er in die Hocke ging und die vorüberziehende Versammlung aus einer epischen Froschperspektive filmte. Das Schlusslicht bildete der Vater, den er durchs Objektiv dabei erwischte, wie er einen skeptischen Blick in den Geldbeutel warf und ihn zurück in seine Hosentasche steckte. «Und, noch alles beisammen?» Artig rang sich der Patriarch ein Lächeln ab und überging die Frage des Kameramannes: «Jetzt geht der Ernst des Lebens los.» Man konnte es an einem Tag wie diesem nicht oft genug sagen. «Na, paar Jahre hat er noch. Das bisschen Pauken.» – «Bringen wir auch hinter uns.»

Keine Ahnung, ob Sie damit was anfangen können, ich konnte es. Die Einschulungsprozession schlug dieselbe Richtung ein wie ich auf meinem Weg zu Ralf. Wegen einer Baugrube musste ich die Straßenseite wechseln und trottete verlangsamt hinter den Leuten her. Als sie auf den Schulhof einbogen, beobachtete ich, wie sie sich unsicher postierten, Ausschau nach Bekannten hielten, die Hände rein in die Hosentaschen, wieder raus, noch ein Foto, ein Blick auf die Uhr, man war bestimmt zwanzig Minuten zu früh und stritt nun über die Schuld an diesem Vergehen. Rechter Hand wummerte ein Kind einen abgeranzten Fußball gegen die Wand der Turnhalle. Rotfront lebt, dachte ich, denn der Spruch hatte früher in riesigen Lettern daran gestanden. Irgendwann hatte jemand das Wörtchen lebt durch verrecke ersetzt. Der Junge trug ein T-Shirt mit hellblauem Armee-Camouflage-Muster und einen langen, ihm bis in die Augen hängenden Pony, der Rest-Schädel war rasiert. Irgendwie kam er mir bekannt vor, und ich ging ein paar Meter zurück, um einen Blick auf sein Gesicht werfen zu können. Als er das merkte, spuckte er einen dicken Flatschen zwischen seine Füße und starrte dann angestrengt vor sich hin, als wäre ich Luft und er dabei, Wittgensteins Tractatus noch mal zu überdenken. Ich sah genug, und reden wir nicht lange um den heißen Brei herum: Meiner bescheidenen Ansicht nach handelte es sich um Sean, und ich dachte: a) Was für 'n Zufall, b) na, ein bisschen hat Ralf noch Zeit, und c) an Jutta. Ich rief den Jungen Richtung Zaun, er folgte nur zwei Schritte, und fragte ihn, ob er Sean sei. Seine einzige Reaktion auf meine Worte bestand darin, dass er noch mal den Boden beömmelte und fester auf den Ball eintrat. Ich wertete das als ein Ja und rief ihm zu, dass ich auch eine Maßnahme machte und seine Mutter kannte. «Sie hat mir dein Bild gezeigt.» Ich hatte ehrlich keine Ahnung, wie man mit Kindern sprach. Diesmal spuckte Sean nicht, sondern sah mich ziemlich feindselig an:

«Is 'ne Fotze.»

Na ja, wenigstens konnte er reden.

Als ich ihm erklärte, dass ich sie ganz nett fand und dass sie gesagt habe, er sei abgehauen, unterbrach er mich mit derselben Einschätzung seiner Frau Mama. (Lesen Sie oben nach, falls Sie's vergessen haben, ich spare mir die Wiederholung.) Perplex oder so was lachte ich ein bisschen grenzdebil in mich hinein, worauf er mich eine homosexuelle Marokkanerbratpfanne nannte. Fragen Sie bitte nicht, was das sein soll, ich hatte den Ausdruck auch noch nie gehört und antwortete, noch fataler ins Lachen geratend: «Was?» Er steuerte wutentbrannt auf mich zu, und schnell kriegte ich mich wieder ein, denn es galt, die kleine Kampfwurst darüber zu belehren, dass ich nicht so über jemanden reden würde, der mein Bild jeden Tag überallhin mit rumschleppte. Kurz diskutierten wir über das Bild, das laut Sean ein Scheißbild sei, nur «vier fümfunneunzig» gekostet habe und außerdem: «Seh ich scheiße aus dadrauf.» Allmählich verstärkte sich mein Gefühl, dass er vielleicht ein Stück zurück war, sagt man das so?, dass sein Verstand vielleicht ein bisschen langsamer arbeitete als der seiner Altersgenossen.

«Quatsch», antwortete ich. «Du siehst genauso scheiße darauf aus, wie wir alle scheiße darauf ausgesehen haben.»

«Wie 'n Minifurz.»

«Meine Mutter hatte auch so 'n Bild von mir», teilte ich ihm durch den Zaun mit. «Ich sah auch scheiße aus. Ich hatte deine Frisur, nur genau umgekehrt, hinten lang und der Rest kurz, na und?»

«Hasse sie.»

«Wenn du meinst.»

«Hatsen gesagt, hä?»

«Hä?»

«Hatsen gesa-hagt.»

«Über dich?»

«Mir scheißegal, wasse gesagt hat.»

«Ich würd sagen, sie macht sich tierische Sorgen, weil du weg bist. Bist du noch weg?»

Sean starrte mich an, erschreckt oder ungläubig – suchen Sie sich etwas aus. Ich tippte auf: erwischt.

«Was denkst du denn», fragte ich, «warum sie sich solche Sorgen macht?»

Achselzucken: «Wegen Amt. Frau Hübner.» Er schleuderte den Ball auf den Boden, damit er danach möglichst weit nach oben sprang.

«Ach, das Amt», winkte ich ab. Die Geste schien ihn zu irritieren, und der Ball blieb nach dem Fall in seinen Händen stecken. Fragend zog er dabei die Nase kraus.

«Wer ist denn Frau Hübner?», erkundigte ich mich sinnloserweise.

«Frau Hübner?»

«Ja.»

«Frau Hübner vom Jugendamt?»

Aha. Was hatte ich noch anzubieten? Nichts. Wo Jutta wohnte, wusste ich nicht, und die einzige Nummer, die ich hatte, war die von Frau Köck, allerdings nicht die private. Ich überlegte krampfhaft, wie ich ihm nur am geschicktesten vorschlagen könnte, zurück nach Hause zu gehen. Nach einer gefühlten Ewigkeit versuchte ich es folgendermaßen: «Wie wär's, wenn du nach Hause gehst?»

Sean kickte den Ball gegen das historisch aufgeladene Mauerwerk: «Soll sich verpissen.»

«Wer soll sich verpissen?», rief ich hinüber.

«Der Typ.»

«Welcher Typ?», fragte ich wieder, obwohl man ja nur eins und eins zusammenzuzählen brauchte, damit hinterm Istgleich eine simple Antwort prangte: der neue Freund. «Etwa Tilo?!», stieß ich hervor; vielleicht lachte ich sogar auf, so sehr war ich von dem Gedanken geplättet. «Mit dem hast du kein Problem. Das glaube ich nicht. Der ist ein bisschen versponnen, sonst nichts. Sie wird ihn sowieso wieder abschießen, wirst sehen.»

Im Nachhinein kommt es mir total bescheuert vor, weil

ich nie jemanden zu etwas zu überreden versuche, aber dort, am Zaun der Grundschule, sagte ich so selbstverständlich «Na los, Sean, geh endlich heim», als hätte ich nie etwas anderes getan. Und als wäre ich noch immer hoffnungslos naiv. Sean beballerte weiter die Wand. Wahrscheinlich war er eins von diesen armen Würsten, die immerzu mit ihrem Ball durch die Gegend liefen und anderen Kindern beim Spielen zusahen, bis man sie endlich einlud mitzumachen. Wahrscheinlich kannte man ihn, aber seinetwegen gab es ständig Streit, und man fragte ihn daher nur, wenn wirklich Not am Mann war.

Etwas ernüchterter wiederholte ich mein Anliegen, es wäre jetzt wirklich an der Zeit, nach Hause zu gehen und so weiter, was ich nicht einmal komplett zu Ende bringen konnte, denn schon hatte der Junge sich umgedreht und mir mit beachtlicher Treffsicherheit und in erstaunlich hohem Bogen auf die Schulter gerotzt. Ich sprang angewidert zurück: «Was soll das denn?!» Als ich kapierte, dass er gerade nicht die möglichen Antworten in seinem Kopf sondierte, sondern nachlud, zog ich fluchend ab. Die Herde des Abc-Schützen starrte mir gebannt nach. Ich hatte genug vom Dialog mit der Jugend.

WENN ICH VORHER GESAGT HABE, dass ich das Kiffen aufgab, um mein Abitur noch mal rumzureißen, ist das nur die halbe Wahrheit. Die andere Hälfte ist dem Umstand geschuldet, dass ich mit Ralfs Freundin Sanne das erwähnte Zeltabenteuer bestanden hatte (na ja) und dass Ralf bis zu diesem Zeitpunkt (es wird Sie jetzt schon nerven, also Augen zu und durch) mein Dealer war. Ich habe bis heute keine Ahnung, ob Ralf je was von der Geschichte mitbekommen hat, aber es erschien mir ratsam, sie ihm nicht auf die Nase zu binden. Im Grunde war das jetzt auch egal, weil Sanne sich vor einem Jahr oder so von ihm getrennt hatte und in die weite große Welt gezogen war (nach Leipzig). Trotzdem, ich will mal nicht den Faden verlieren, kam ich mir in der ersten Zeit nach dem Festival reichlich bescheuert vor, sobald ich in Ralfs Bude saß und mir von ihm ein Tütchen reichen ließ. Genauer: Ich kam mir so unendlich bescheuert und vor allem verlogen vor, dass ich meine Besuche bei Ralf bald auf ein Minimum reduzierte und schließlich den schon lange gehegten Gedanken, man könnte ja den Quatsch mit dem Kiffen einfach lassen, in einen festen Entschluss umwandelte. Keine Drogen – kein Ralf, oder umgekehrt. Ich hatte damit leben können, die Erinnerungen der letzten Jahre vermischten sich eh zu einem einheitlichen Brei, sie spielten sich zwischen Ralfs Wohnung, Ralfs Garten und Ralfs Golf ab – okee, einmal waren wir nach Amsterdam gefahren (wohin sonst?), ein andermal nach Hiddensee, wo auch nur geharzt wurde, was das Zeug hielt –, aber so wild sich das alles angefühlt haben mochte, ich war froh, es hinter mir zu haben, und erinnerte mich auch nicht gern daran.

Vielleicht verstehen Sie jetzt, weshalb ich mich immer noch nicht schnurstracks direkt zu Ralf begab, sondern einen Umweg an meinem Kanal entlang nahm.

Keine Ahnung, wie Sie zu Landschafts- und Naturbeschreibungen stehen – mich öden sie ehrlich gesagt ein bisschen an, und ich spare sie mir hier, obwohl sie an dieser Stelle vielleicht angebracht wären, aber was sollte ich hier groß erzählen? Die Reflexion der Sonne im Wasser und auf herumliegenden Dosen und Glasscherben, das verdorrte Ufergras und ein Himmel aus Stahl?

Machen wir's kurz, damit Sie über Ralf Bescheid wissen: Mit sechzehn mauserte er sich im Henkerstempo zu einer Art regionalem Fixstern in Sachen Dope. Eine Weile lang rannte er mit einem Messer durch die Gegend und verriet mir, dass man immer seinen Zeigefinger auf die Klinge legen musste, dann stach man die Leute nicht ab, sondern an. Ralf war geradezu verliebt ins Dealersein, und er war verliebt in das Zeug. Von mir aus können Sie es auch Gras, Shit, verschiedenfarbige Afghanen, Weed, Grünes, Marihuana, Mary Jane, Kraut oder wie Sie sonst noch wollen, nennen. Er baute die Pflanzen im Gewächshaus seiner Tante an. Die Tante war fast nie dort, und solange ab und zu der Rasen eine den Satzungen des Schrebergartenvereins gemäße Frisur verpasst bekam, war ihr der Rest egal. In der Laube wurde die Ernte zum Trocknen aufgehängt und auf den Boden gelegt. Das sei die heißeste Zeit, erklärte mir Ralf einmal – wenn man nicht aufpasste, fing alles an zu vermodern, oder man wurde erwischt. Nach dem Trocknen lagerte er es irgendwo zwischen, wo genau, hat er mir nie verraten – ich schätze, das gehört zum Berufsethos oder -geheimnis oder so was, jedem, auch seinem alten Sandkastenkumpel, zu misstrauen. Er war auch nie so blöd, sich die Haare im üblichen Rastafari-Look zu langen Wischmoppkordeln verfilzen zu lassen oder sich eine Jamaika-Flagge mit Bob Marleys friedlich-debilem Konterfei ins Fenster zu hängen – das machen nur Vollhonks, unterwies er mich, der ich im Kiffen nur eine Variation dessen sah, was ich ohnehin machte – abhängen und grübeln. Als seine Tante einen neuen Mann heiratete und nach Rostock zog, übernahm Ralf nicht nur den Garten, sondern auch ihre Wohnung im Neubaublock. Und da war also plötzlich auch eine eigene Bleibe, in der er nach Lust und Laune rauchte und was zu rauchen verkaufte, mit Messern spielte und eine neue Hantelbank aufstellte, Videospiele zockte und mit Sanne tat und ließ, was auch immer sie miteinander taten und ließen. Als Ralf noch zur Schule ging, zahlten seine Eltern sogar die Miete für die Bude. Zwei Jahre zuvor hätte ich eigenartigerweise noch geschworen, dass Ralf nie in seinem Leben Probleme kriegen würde. Wenn man wie Ralf war, dachte ich, kam man sein Leben lang bestens klar. Und nun graute mir vor dem Moment, in dem er die Tür öffnen würde und schwitzend vor mir stand. Ich hab den Faden doch ganz schön lange verloren, was?

(Bevor ich weitermache: Ich nehm's Ihnen nicht übel, wenn Sie den nun folgenden Absatz mit Ralf überspringen und sehen, wie's mit meinem Vater weiterging. Besonders die Drogendinge sind recht banal, und man kennt das. Der ganze Abschnitt läuft darauf hinaus, dass ich mein Geld quasi durch den Schornstein jagte. Falls Sie doch weiterlesen, bewerten Sie manche Sachen, zum Beispiel die Drogendinge, nicht über – am liebsten wär's mir, ich würde darüber gar kein Wort verlieren, aber es geht halt nicht ohne. Bitte halten Sie diese Worte vorab nicht für eine Art literarischen Kunstkniff oder so was, der Ihre Neugierde erst richtig wecken soll. Ich verstehe nichts von Kniffen. Selbst das Wort ist albern. Wir haben doch alle eine Spur Augenmaß verdient, oder nicht? Was soll's, ich hab Sie gewarnt, das muss reichen.)

Nacheinander öffneten sich drei Sicherheitsschlösser und die Kette der Wohnungstür.

«Alter Spalter», empfing er mich feierlich in Jogginghose und ausgeleiertem T-Shirt. «Ich hab schon gedacht, du kommst gar nicht mehr, ich hab die ganze Zeit schon Kaffee für dich warm gehalten, er steht auf'm Herd, wenn du willst, willst du, ich wärm ihn noch mal auf. Nicht? Wenn nicht, dann nicht, wer nicht hat, der will auch nicht. Knall dein' Arsch irgendwohin, zieh dir 'n Video rein, wenn du Bock hast. Das da ist kaputt. Die Hantelbank hab ich verkauft, die Playsie auch, also, falls du 'ne Runde zocken wolltest, ich hab noch Mensch-ärger-dich-nicht von meiner Tante, aber is nicht dein Fall, was? Auch gut, meiner auch nicht, bekloppten Brettspiele, Junge, hasse sie wie die Pest.»

Er sah mich mit flehenden Augen an, seine Lippen waren zu einem breiten, einem Lächeln nur entfernt ähnelnden Streifen verzogen. Am liebsten wär's ihm wohl gewesen, ich hätte das Geld hervorgezogen und wäre wieder verschwunden, und wenn ich es nicht bald zum Gesprächsthema machte, fehlte nicht viel, dass er es mir eigenhändig aus der Gesäßtasche meiner Hose riss. Da er den Blick nirgends länger als zweieinhalb Sekunden halten konnte, nahm er ihn wieder von mir weg und schickte ihn über alles Mögliche im Raum, die Flaschensammlung am Boden, die abgeranzte Eckcouch, das alte Schachbrett in der Anbauwand, von der sich das Furnier löste, den gläsernen Couchtisch mit Unmengen von Tabakkrümeln, Video- und DVD-Hüllen, ein angebissenes Toastbrot mit Tomatenmark vom letzten Mittwoch. All das streifte er so beiläufig und noch immer mit dem versuchten Lächeln eines Connaisseurs, der Schulter an Schulter mit seinem alten Schulfreund Phillip Odetski in seiner kleinen Suite im Adlon eine Runde zu stehen beliebte. Es war merkwürdig still in der Wohnung.

«Vielleicht doch den Kaffee», entfuhr es mir, obwohl ich, so schnell es ging, wieder hier rauswollte. Aber mit einer kalten Geldübergabe schien es mir nicht getan zu sein: Was war nur mit ihm passiert?

Erlöst wie der Pfeil aus der Armbrust schoss Ralf – «Ich mach ihn warm, ja?» – in die Küche und redete weiter. Ich setzte mich auf meinen Platz auf der Couch. Richtig gelesen: auf *meinen Platz*, ich hatte schon so oft auf dieser Stelle gesessen, dass ein Namensschild darauf nur recht wäre. Meistens hatte derselbe Ralf, der nun durch die Küche tigerte, sich keinen Zentimeter von seinem Platz, mir schräg gegenüber auf der kurzen Seite des Eckmöbels, wegbewegt, sondern ließ sich die Dinge reichen, den Kaffee, die Cola, die Bong, das Geld …

«Schach geht ja noch», brabbelte es aus der schmalen Kammer mit Spüle, aus der nun auch ungewohnte Klickgeräusche ertönten.

«Schach kannste gut und gerne mal auch alleine spielen, ein, zwei Runden lang, Schach ist eigentlich gar nicht mal so schlecht. Scheiße.» Es machte wieder klick. «Spielst du Schach?»

Ich brummte unbestimmt und beugte mich vor, den Kopf zur Seite gelegt. Ralf versuchte einen kleinen Gasbrenner anzuwerfen, der auf dem E-Herd stand, klick, klick.

«Schach ist … Schach ist das älteste Brettspiel der Welt, schon mal gehört? Fuckmist, *geh* an!»

Die Stand-by-Leuchte des sonst ewig laufenden Fernsehers war aus, die Digitaluhr am Videorekorder pechschwarz. Nicht mal der Kühlschrank brummte. (Da Sie mindestens zweimal besser als ich kombinieren können, werde ich Ihren Verstand nicht mit langweiligen Schlussfolgerungssätzen à la «Mir wurde klar, dass er keinen Strom mehr hatte» unterfordern.)

«Ich nehme ihn auch so!», rief ich in die Küche. Zwecklos.

«Eben ging's doch noch … Keiner weiß, wie alt das ist, Schach jetzt, aber irgendwo weit vor unserm allmächtigen premium-verfickten Christkind wird's wohl mal entstanden sein, in Indien, Pakistan oder so mal die Richtung. Ach nee. Ich hab's gleich –»

«Ralf, ist okay», rief ich.

Ralfs Finger trommelten nervös gegen sein Kinn.

«Schach wie Schah!», rief er plötzlich. «Schah wie König, ist das nicht iranisch?»

«Ralf!»

Er kam mit einer Tasse zurück, zeigte mit dem Finger drauf und zog eine Entschuldigungsmiene. Sehr vorsichtig – absurderweise war seine Gestik nahe an Achtung-heiß-und-fettig – reichte er mir die Tasse und setzte sich an seinen Platz. Er verschränkte die Arme vor der Brust, aber diese Position gab er im nächsten Moment wieder auf, beugte sich gespannt vor und trommelte unter dem Glastisch nervös die Fingerkuppen gegeneinander. Ich nahm einen Schluck, dachte an zerkaute Aspirin und stellte die Tasse wieder ab. Ich war am Zug, aber mir fiel nichts ein.

«Ich hab Sanne getroffen», sagte Ralf nach einer viel zu

langen Weile. Dass Ralf bei diesem Thema einen Tick ruhiger zu werden schien, beunruhigte mich. «Sie hat ihre Eltern besucht in den Ferien oder so was, frag mich nicht. Wollte sich nicht mal auf ein' Kaffee oder so was hinsetzen, weil sie lernen muss. *Lernen*, alles klar. Sie sagt, ich würde tierisch blass und abgemergelt aussehen oder so was, sie sagt, ich würde aussehen wie ein bekacktes Speedopfer oder so was. Sagt Sanne. Wir waren vier Jahre zusammen, und die einzigen Male, die ich irgendwas in die chemische Richtung genommen habe, kannst du an einer Hand abzählen. Findest du, ich sehe aus wie ein Speedopfer?»

Ich zuckte die Schultern.

«Ich nehme so was nicht. So oft, wie ich Amphis genommen habe, das war vielleicht dreimal oder so was, warst du da nicht sogar dabei?»

«Nein.»

«Ich nehm's nicht.»

Ich nickte.

Sein Blick durchbrach die Zweieinhalb-Sekunden-Marke spürbar, und er sagte noch mal: «Ich nehm's nicht.»

«Gut.» Ich hätte dasselbe entgegnet, wenn ihm schon die Schneidezähne fehlten und seine Nasenscheidewand als Mus auf sein T-Shirt tröpfelte, ich war schließlich nicht die Polizei.

«Im Moment benehm ich mich vielleicht wie ein Speedopfer oder so was, aber ich schwöre dir, das hat andere Gründe. Ich komme im Moment nicht richtig hinterher. Jeder will was. Die vom Amt sagen, ich soll mir mal eine Option überlegen. Ich soll 'ne ABM machen wie du. Aber sag doch selber, bringt das was? Muss ich das?»

Ich schüttelte den Kopf.

«Das bringt doch nichts! Dann hat der Nachbar im Garten mich verpfiffen. Die ganze Ernte ist weg, und ich muss erst mal den ganzen Eigenbedarf erklären. Ich hab nur keine Lust dazu. Beziehungsweise ich muss zu meiner Mutter rennen und die überzeugen, dass sie einen Kollegen oder so was ein Attest ausstellen lässt wegen Epilepsie oder so was. Und dazu habe ich keine Lust, weil sie keine Lust haben wird. Reizdarm ginge auch. Aber meine Mutter macht dicht. Wird sich schon wieder einrenken. Ehrlich, ich krieg's nicht hin. Krieg den Arsch nicht hoch. Ich weiß auch nicht, was das ist. Diesen Monat hab ich kein Geld. Nächsten Monat krieg ich Geld. Ich weiß gar nicht, wozu ich früh aufstehen –»

«Du brauchst mir nichts erklären.»

«Und dann läuft auch noch Sanne durch die Stadt und sagt, dass sie hergekommen ist, um zu *lernen*! Das kann sie doch in ihrem Scheißleipziger Allerlei genauso gut.»

«Ich will's nicht hören.»

«Ich bin nicht polytoxisch drauf, warum glaubt mir das keiner?!»

Er schnappte sich ein Blättchen und schüttete sich Tabakreste aus verschiedenen Packungen drauf, das meiste rieselte daneben oder blieb an seinen schweißfeuchten, nervösen Fingern kleben. Ich warf ihm mein Tabakpäckchen rüber, er fing es wortlos auf. Wie gesagt: Das Wörtchen Danke ist hierzulande nicht so angesagt. Als er fertig gedreht und sich die Zigarette angezündet hatte, fragte er in den Rauch hinein: «Hat sie sich bei dir gemeldet?»

«Sanne?»

Er wippte mit dem ganzen Oberkörper, ein Nicken.

«Nein.»

«Ich hab nur gedacht, ich dachte, ihr habt euch auch ganz gut verstanden. Ihr kamt klar und so was, sagen wir's so.»

«Ich wusste nicht mal, dass sie da war», sagte ich, weil es der Wahrheit entsprach. «Wieso?», fügte ich so beiläufig hinzu, als erkundigte ich mich nach der Uhrzeit. «Hat sie was gesagt?»

«Außer, dass ich ein Speedopfer bin?»

Ralf ließ mich warten. Dann schüttelte er angewidert den Kopf. Hölle, ich musste raus aus dieser Bude.

«Und von Sebastian, von dem was gehört?»

«Der war auch hier?»

«Kein Plan, wahrscheinlich. Ich könnte schwören, dass sie was mit ihm hat.»

«Mit Sebastian?»

«Erinnerste dich ans Festival?»

Ich war geliefert.

Ich fragte: «Welches Festival?»

«Na, das Festival. Wir sind uns ewig auf die Nüsse gegangen, krass, war die anstrengend, und irgendwann, als die verrückten Finnen gespielt ham.»

«Welche verrückten Finnen?»

«Die verrückten Finnen, Mann.»

«Die mit den Schlangen?»

«Das waren Norweger. Die Finnen waren die mit den Masken.»

«Das waren Norweger?»

«Die Finnen waren die mit den Masken, Phillip, du peilst aber auch gar nichts. Wie die gespielt ham, war sie weg. Und am nächsten Tag, wie wir zurückgefahrn sind, hat sie sich neben Sebastian gesetzt und mich nich mit'm Arsch angeguckt. Ich sag dir, an dem Wochenende is was passiert. Jetzt sagt sie, das hat was mit meinem Konsum zu tun und Laber-Rhabarber, aber ich sag, da is was passiert. Hastes nicht gepeilt?»

«Nee. Sebastian war auch hier?»

«Hastus nicht gepeilt, wie er sie angeguckt hat? Die ganze Zeit.»

Ich schüttelte entschieden den Kopf und sagte: «Und wenn sie recht hat?»

«Womit denn, hä? Womit soll sie denn recht ham?»

«Mit deinem Konsum.»

Klatsch. Er schlug die Hände auf die Oberschenkel, als wollte er was sagen oder tun, aufspringen und mir an die Gurgel gehen, aber es war offenbar nicht der Anstrengung wert. Nichts war die Anstrengung wert. Weiterreden auch nicht. Also schwiegen wir eine Weile. Ralf sackte förmlich in sich zusammen, und ich versuchte, mich von allen möglichen Erinnerungen zu befreien, die gerade heftigst an meine Großhirnrinde klopften. Dass Ralf dann doch zu all den blöden Typen, über die wir als ewige Außenseiter vorher noch abgelästert hatten, in den Basketballverein gegangen war. Einmal war ich zu einem Training mitgegangen, und schon in der Umkleide stellte ich mir die Frage, warum ich mich freiwillig demselben Grauen in derselben Turnhalle aussetzte, das ich schon im Sportunterricht nicht abkonnte. Mit fünfundvierzig Nasenlängen Vorsprung war doch das Beste am Sportunterricht, abgesehen vom ständigen Gemächtgerichte in der ballonseidenen Turnhose von Herrn Namezensiert, die Dose Eistee aus dem Automaten danach. In der Umkleide der Basketballmannschaft stieß ich nach dem ersten Training auf eine Reißzwecke, die irgendein Scherzkeks durch die Einlegesohle meiner Straßenschuhe gestochen hatte. Ich sagte keinen Mucks, zog den Fuß aus dem Schuh, pulte die Nadel aus meiner Hacke und von der anheftenden Sohle und sah mich in der Kabine um. Niemand beachtete mich. Auch Ralf quatschte weiter mit den anderen. Ich ging nie wieder zum Basketball.

«Was hast du mit dem Schach?», fragte ich. Ralf saß noch immer in sich zusammengesackt auf der Couch, die Arme auf den Knien, seine Hände hingen schlapp nach unten. Nun sah er mich irritiert an.

«Schah wie König. Seit wann spielst du das?»

Er warf einen Blick auf das Brett in der Anbauwand und sagte: «Ich hab's von meiner Mutter gelernt. Jedenfalls die Grundzüge. War ich noch», hielt er die flache Hand knapp über den Tisch, «Knirps. Die sagte immer, ich spiele Räuberschach, weil's mir nur darum gegangen ist, alle andern rauszuschmeißen. Ich fand's cool, *Räuber*schach. Ich fand, das passte. Meiner Mutter war die Anzahl der Leute völlig Banane, die sie da rausgeschmissen hat, es ging ja nur um den König, und deswegen hatte ich zwar immer die meisten Leute von ihr, aber irgendwann war ich doch schachmatt.»

Seine Bein- und Armmuskeln zuckten, als wollte er aufstehen und das Brett rüberholen, aber er ließ es sein.

«Ich hab's wiedergefunden und die letzten Abende ein bisschen gespielt. Voll beknackt, gegen mich selber. Als wäre ich zu blöd, mir einen runterzuholen oder so was. Weiß ich auch nicht, wieso. Dummheit. Langeweile. Ich hab's nie geschafft, mich so richtig schachmatt zu setzen. Vielleicht kann ich's einfach nicht gut genug, keine Ahnung. Irgendwie schmeißen die sich immer gegenseitig raus. Mal der Turm den Läufer, dann kommt die Dame, die ich irgendwie nicht ausstehen kann.»

«Was hast du gegen die Dame? Die kann doch die besten Züge machen.»

«Die Dame ist bekackt! Die tut immer so Wunder-was-sie-ist. Dann fliegt wieder ein Bauer raus. Die tun mir richtig leid. Das müssen übelstige Sozialdarwinisten gewesen sein, die sich das überhaupt ausgedacht haben, stimmst du mir da zu?»

Stimmte ich, halb.

«Stimmste. Die Bauern sind raus aus'm Rennen. Die werden auch nicht wieder eingeladen. Wenn's ein Bauer nach hinten schafft, da zu der andern Linie, werde ich wohl nicht den Bauern gegen den Bauern tauschen, nee, dann hole ich mir die blöde Dame oder was sonst so da rumsteht, aber doch keinen Bauern. Fragt sich nur, wer sich hat einfallen lassen, dass der König nur exakt so viele Schritte gehen kann wie so 'n Bauer. Ich weiß nicht, ob der Schwarze jetzt aufgeben müsste oder so was. Ich lass ihn einfach. Lass ihn da, wo er ist. Solange er steht, steht er. Bescheuert, was?»

«Heißt das nicht Remis?»

Ralf überhörte mich. Sein Blick klebte auf dem Schachbrett.

«Solange er steht, steht er», sagte er und kam mir um dreißig Jahre gealtert vor. «Verpissen sich alle und kommen dann als die neuen Kings zurück.»

Ich habe schon mehr arme und kaputte Menschen gesehen, als mir lieb sein kann, aber komischerweise härtet mich das kein bisschen ab. Mit einem Mal glaubte ich Ralf, dass er kein Speedopfer war, er war seelenruhig. Seine anfängliche Aufregung schob ich nun darauf, dass ihm die gesamte Situation peinlich war. Noch nie hat er mich um etwas gebeten. Immer war er der König gewesen, der alles besaß, was ich nicht hatte. Er hat mich mitgenommen, mitgezogen, umstandslos in seinem Golf Platz nehmen lassen, auf eigene Kosten rumgereicht. Nun war er einfach nur im Sack, und er wusste es.

Ich griff in meine Tasche und zog das Geld hervor. Der alte Ralf setzte bei dieser Gelegenheit zu meiner Enttäuschung wieder seine unterkühlte Maske auf.

«Du nimmst das» – ich legte zwei Fünfziger auf den linken Rand des Tischs – «für deine wie auch immer gearteten toxischen Sachen.»

«Ich nehm keine –»

«War nur Spaß. Und das ist», meine Finger zauberten noch zweihundert hervor und legten sie auf die andere Seite des Couchtischs, «für deine Rechnungen. Bezahl den Strom und bezahl, wenn's geht, ein bisschen was von der Miete, dann können sie dir nichts.» Ich wusste nicht, ob das stimmte, aber es hörte sich entschieden an, und Entschiedenheit schien mir das A und O, wenn man vor so aufgelösten Menschen wie Ralf saß. Ich legte beide Hände auf die Scheine links auf dem Tisch: «Für dich», und tat dasselbe auf der anderen Seite, um es ganz klar zu machen: «Rechnungen.» – «Für dich», wiederholte ich das Spiel, «Rechnungen.»

Ralf, als hätte ich ihn dazu animiert, sprach mit: «Für

mich, Rechnungen.» Er nickte eifrig und so seriös wie möglich. «Verstanden.»

Schließlich ruhten meine Hände auf beiden Häuflein Geld – und diese Geste erschien mir so verdammt unangebracht, so selbstherrlich, als hielte ich mich für den verdammten Herrscher des Universums, dabei glaubte ich mir nicht nur selber kein Wort, nein, ich kam mir auch besonders lächerlich vor, weil ich wusste, dass der Betrag so mickrig war, gemessen an dem Schuldenberg und den Problemen, die sich hinter Ralfs schmalem Rücken auftürmten. Umso wichtiger erschien es mir, dass Ralf das Geld, wenn auch nur in Teilen, sinnvoll einsetzte.

«Du kümmerst dich ums Amt. Und du rufst deine Mutter an.»

«Mach ich, klar. Phillip, ich weiß nicht, wie ich dir –»

«Ich ruf dich morgen an. Dann hast du beim Amt angerufen und bei deiner Mutter.»

«Ja. Ja.»

«Morgen ist Sonntag, du Depp. Da rufst du nur bei deiner Mutter an. Montag beim Amt.»

«Montag beim Amt.»

«Ich brauch das Geld wieder.»

«Logisch. Ja.»

«Ich glaub es zwar nicht, aber falls sie mich nehmen, brauche ich es bald zurück.»

«Ist klar.»

«Vielleicht kannst du deine Mutter bezirzen.»

«Klar. Mach ich.»

«Falls sie mich nehmen …»

«Brauchst du es. Ist klar. Was war das, Film?»

«So ähnlich.»

«Die sind schön blöd, wenn sie dich nicht nehmen. Wenn ich einen kenne, der sich mit Filmen und so was auskennt, bist das du. Hast du den Beef noch?»

Mit Beef meinte er eine Schlägerei, die ich mal mitgefilmt hatte, weil ich an dem Abend zufällig meine Videokamera bei mir trug. Es ist so ziemlich das Schlimmste, was ich je aufgenommen habe, und ich will nicht weiter ins Detail gehen. Nur so viel sei erklärt: Als das Video in Ralfs Wohnung vor versammelter Runde wieder und wieder abgespielt wurde und die anwesenden Freunde, von Sebastian und Sanne habe ich Ihnen ja schon erzählt, nach einer Anfangsphase von Entsetzen und Ekel zusehends immun gegen die sich auf dem Bildschirm wiederholende Gewalt wurden und schließlich in schallendes Gelächter ausbrachen, sobald die Eisenstange auf den Oberarm des Opfers krachte, habe ich es nie wieder hervorgeholt. Sanne hatte eine Kopie. Ich bat sie irgendwann, mir die zurückzugeben. Vermutlich lag sie jetzt irgendwo in Leipzig oder stand neben den Aufnahmen von Sannes Jugendweihe in der Videosammlung ihrer Eltern.

«Irgendwo», sagte ich.

«Bring's noch mal mit.»

«Mach ich.»

ER BÜGELTE. Die Wohnzimmertür stand nur einen Spaltbreit offen. Dahinter beugte mein Vater sich über das Bügelbrett – ich sah nur seinen Rücken, schaukelnd wie ein Ozeanriese bewegte er sich hin und her. Hyänen lachten aus den Fernsehlautsprechern, und eine sanfte männliche Erzählerstimme erläuterte die matriarchale Rangordnung der Tiere. Obwohl mein Vater mich gehört haben musste, drehte er sich nicht um. Aus meinen Schuhen schlüpfend, langte ich nach der Klinke meiner Zimmertür. Ich drückte und rüttelte, das wiederholte ich ein paarmal, als fiele es mir schwer, das Offensichtliche zu glauben: Sie war abgeschlossen. Spätestens seitdem ich solchen Lärm dabei verursachte, musste auch mein Vater meine Entdeckung bemerkt haben. Ich lugte um die Ecke. Pfft. Unbeeindruckt pustete das Bügeleisen einen Dampfstoß aus.

«Mit meiner, äh –», stubste ich die Wohnzimmertür auf und brachte den angefangenen Satz nicht zu Ende. Ich wies mit dem Daumen schräg hinter mich, aber ich war, das sagt man doch so schön, zu einer Salzsäule erstarrt. Der Tisch war bisher von der Tür verdeckt worden, nun sah ich ihn, und was noch schöner war: An der Stelle, an der sonst sein Frühstücksbrettchen ruhte, stand wieder die Schreibmaschine, und direkt davor lag wie auf einem Präsentierteller: der Schlüssel zu meinem Zimmer.

«Und was wird das?», fragte ich.

«Reden», antwortete er seelenruhig, noch immer dem Bügelbrett zugewandt. Ich konnte seine Gemütsverfassung schwer einordnen, weil mir nach wie vor das passende Gesicht zu alldem fehlte.

«Brauchst du meinen Schlüssel dafür?»

«Gottverdammich, kann man sich nicht eine Minute, nicht eine Minute mit dir unterhalten, ohne dass du deine Witze reißt?»

«Ich reiß keine Witze.»

«Oder in dein Zimmer verduftest?»

«Klang das wie ein Witz?»

«Dich wie ein eingeschnappter Halbstarker in dein Zimmer verkriechst. Wie alt bist du, Phillip?»

«Zu alt.»

«Wie bitte?»

«Vergiss es. Ich hab das Päckchen nicht.»

«Hast du gesagt, du wärst zu alt?»

«Nein.»

«Du hast gesagt –»

«Ich hab gar nichts gesagt. Gib mir den Schlüssel.»

«Schon wieder. Du hast es schon wieder gemacht! Du hast gesagt –»

«Ich hab's nicht so gemeint.»

«Du bleibst jetzt, du bleibst hier, mein Freundchen.» Er stellte das Bügeleisen ab, drehte sich aber nicht um, sondern fixierte die Hyänen.

Ich sagte: «Das bringt doch nichts», und zog meine Schuhe wieder an.

«Du bleibst jetzt. Was weißt du mit deinen neunzehneinhalb geschi–?»

Ich sparte mir die Bemerkung, dass ich kommenden Mittwoch Geburtstag hatte.

«Neunzehn. Soll ich dir sagen, was das ist?» Endlich: Zumindest drehte er den Kopf in meine Richtung – doch leider nur, um mit Daumen und Zeigefinger einen Kreis zu formen. «Das ist ...», spitzte er seine Lippen: Pött. Er spuckte ein Geräusch hindurch. Null. «Das isses, was du weißt.»

«Ich weiß.»

«Was?!»

«Ich weiß. Ich hab nie gesagt, dass ich mehr weiß. Ehrlich gesagt, hab ich –»

Er wandte den Kopf wieder zu den Hyänen, die sich an den gammeligen Überresten eines Zebras satt aßen. Dieser Zug brachte mich aus dem Konzept (wenn ich denn eins hatte). Ein Hoch auf den Tonmann, der eindrucksvoll das Knacken der Knochen zwischen den Kiefern dieser Viecher eingefangen hatte. Auch ich konnte nur schwer den Blick vom Fernseher lösen. Trotzdem sagte ich: «Kann ich jetzt nicht in mein Zimmer, weil die Post Mist gebaut hat oder was?»

«Warum ziehst du nicht gleich aus?»

Dass er das so ruhig sagte und zugleich dem Hemdkragen und den sich gegenseitig vom Futterplatz wegbeißenden Hyänen seine volle Aufmerksamkeit schenkte, verunsicherte mich nun vollends.

«Aber wo soll ich …?»

«Ich lass mich nicht gerne veralbern.»

«Wo soll ich denn hin?»

«Es ist dein Leben, ich misch mich da nicht mehr ein.»

«Ha!», lachte ich viel zu hoch und wies auf den Schlüssel. «Und was ist das?» Mein Zeigefinger fuchtelte vor dem Schlüssel herum. «Und was ist mit meinem Studium?»

«Was ist mit deinem scheiß –?»

«Das meine ich!»

«Was? Was meinst du denn? Mach die verdammten Augen auf. Sie haben dich schon mal nicht genommen. Meinst du, nach einem Jahr rumhängen ist das anders? Meinst du vielleicht, irgendwer schenkt dir was?» Sein Blick bohrte sich in mich, und ich wusste nicht, was ich sagen sollte, alles Mögliche schwirrte mir durch den Kopf, Nicole, Ralf, Mama, das leerstehende Haus auf der anderen Straßenseite und Herrn Seiferts kläffender Cäsarhund. Je länger ich ihm, der in diesem Augenblick so unermesslich bodenständig wirkte, gegenüberstand, umso mehr fehlten mir die Worte. Ich schluckte wie verrückt, aber ich fürchte, das hielt irgendwas, das wie ein gefühlsmäßiger Krebs in mir saß, nicht davon ab, mir Tränen in die Augen zu jagen. Alle möglichen Erklärungen und Verteidigungen, die ich mir in endlosen Stunden am Kanal zurechtgelegt hatte, waren in die unterschiedlichsten Teile meines Hirns verstreut. Ich kam kaum dazu, sie zusammenzusuchen, da sagte er schon:

«Du denkst, ich hab einen an der Klatsche. Du denkst, ich hab sie nicht mehr alle. Aber du wirst dich noch umsehen.»

Ehrlich, mir fiel keine Antwort ein.

«Du denkst, ich hab mir das alles ausgesucht. Hab ich gesagt: Macht den Laden zu, ich brauche keine Arbeit mehr? Hab ich gesagt, geh nach Bayern, such dir einen andern? Du hältst dich wohl für besonders schlau, weil du ein bis zwei Bücher gelesen hast? Ich hab's dir tausendmal gesagt, und ich sag's dir noch mal: Du. Wirst. Dich. Noch. Umsehen.»

Er stellte das Bügeleisen ab, legte den Kopf auf die Brust, was ein bisschen theatralisch wirkte.

Eine Sekunde später lachte ich kurz auf.

Ich konnte nicht anders. Wahrscheinlich hatte ich zu viele schlechte Filme gesehen, in denen Leute mit solchen Gesten überdeutlich zeigten, dass sie traurig waren oder resigniert, während sich jeder im Publikum genau das hatte denken können. Die Regie und die Schauspieler glaubten wahrscheinlich, die Wirklichkeit zu imitieren, in Wahrheit fingen die Leute an, schlechte Filme nachzumachen. Mein Lachen galt nicht *ihm*, die Absurdität, dass das alles auch noch wegen eines blöden Päckchens geschah, hatte mich gereizt; aber nichts anderes, als dass sein eigener Sohn ihn für einen albernen Versager halten musste und sich deswegen nicht mal ein Lachen klemmen konnte, kam wohl bei ihm an. Er hob die Faust und knallte sie auf das Bügelbrett. Es krachte in sich zusammen. Dann schrie er, die Fäuste geballt und auf derselben Stelle tretend, wie ein unendlich wütendes Kind.

Ich schnappte meinen Parka und ging.

HIT THE ROAD, JACK. Meine Mutter und ich hatten zu dem Lied in der Küche getanzt, als sie nach der ersten Saison zurückkam. Die Kassette hatte eine ihrer Kolleginnen aufgenommen, die alle aus dem Osten stammten oder aus dem Ausland. Sie hatte schon oft übers Telefon von dem sächsischen Mädchen aus Aue erzählt, das sie ein Jahr später mit dem Polo abholte. Außerdem gab es noch ein Mädchen aus Meckpomm, Pasewalk oder Anklam. Beide absolvierten sie in dem Hotel ihre Ausbildung, in dem meine Mutter arbeitete. Die Tellerwäscher waren Kroaten und Griechen, in der Küche gab es einen Afrikaner, einige Türken und offenbar einen witzigen Italo-Kölner, dessen bloße Erwähnung meinen Vater innerlich an die Decke gehen ließ, er schluckte seinen Groll. Da sie ihr Bedienungs-Englisch, Yes, No, Have you finished?, erst mit Anfang dreißig in der Umschulung gelernt hatte, dürfte sie den Songtext kaum verstanden haben. Das Lied fetzte. Jetzt, da ich quasi obdachlos war und keinen blassen Schimmer hatte, wohin ich gehen sollte, ging es mir in einer Endlosschleife, why don't you come back no more, durch den Kopf. So viel Mühe ich mir gab und so leid er mir tat, ich *verstand* meinen Vater einfach nicht: Man musste kein Genie sein, um zu kapieren, dass es ihm um etwas anderes als das blöde Päckchen gehen musste, aber worum? Um ein Leben voller Kämpfe, die er einen nach dem anderen, den Job, die Liebe, den Sohn, verloren hatte – schön und gut. Aber *hier* konnte man nur verlieren. Erwartete er eine Entschuldigung? Von wem? Ich verstand auch Ralf nicht. Ich verstand Nicole nicht und Herrn Seifert – was hielt sie in diesem Landstrich? Zum ersten Mal in meinem Leben verstand ich meine Mutter, auch wenn sie ihren Abschied auf eine unnötig melodramatische Art inszeniert hatte – hier ließ es sich nicht aushalten. Diesen Gedanken folgend, schlug ich wahllos den Weg Richtung Industriegebiet ein; die roten Backsteinhäuschen aus den verdammten Dreißigern säumten den linken Straßenrand, in den Fenstern Gardinen oder die Leere, die Leere, die Leere, während auf der gegenüberliegenden Straßenseite, willkommen im 21. Jahrhundert, Rohre, Schlote und Kräne auf dem abgezäunten Werksgelände glänzten und Signale in der Dämmerung blinkten, kein Mensch weit und breit, Maschinen nehmen uns die Arbeit weg – ich sag: hurra. Meine Mutter, Sanne und der redselige Sebastian hatten es richtig gemacht. Mein Vater und Ralf hätten einfach mal den Absprung wagen sollen, statt sich in ihren winzigen Buchten zu verkriechen und blind darauf zu vertrauen, dass alles, was war, auch so weiterginge, wo doch die Vergangenheit, der alltägliche, einschläfernd langsame Lauf der Dinge, schon eine Hölle für sich dargestellt hatte. Was war nur los mit allen? War die Erinnerung eine Art Netz oder so was, das sie gefangen hielt? Wohin man sah und mit wem man auch sprach, alles wimmelte nur so von Reminiszenzen an unlängst oder vor Zeiten Vergangenes, den Kulturpalast, das Pionierhaus, die Tierhandlung – alle diese Gebäude waren abrissreife Hüllen wie die Bezeichnungen, die man noch für sie bemühte. Was interessierte ihn Margot Honecker? Was konnten diese Leute hier mit dem Osten überhaupt anfangen, an den sie ihre ach so wichtige Identität hefteten? Außer, dass es sich um eine zum Sterben langweilige Gegend handelte, fiel mir nichts ein. Ich hatte den Kanal voll. Ich konnte mir nicht vorstellen, dass man sich anderswo ebenso zwanghaft um die eigene Geschichte und um vermeintliche Vorteile (wir haben es ruhig hier, viel Natur) für ein amtliches Dahinvegetieren bemühte, als kratzte man noch in der hinterletzten Ecke die abwegigsten Argumente für ein albernes Wir-sind-noch-wer zusammen. Ebenso wenig wollte mir in den Sinn, was dagegen sprach, dass ich mich jetzt schon in eine Regionalbahn Richtung Berlin knallte und bei der Quasselstrippe Sebastian aufschlug. Sollte mich die Uni einladen, wäre ich schon da. Hielten sie mein Gekritzel weiterhin für minderwertig, könnte ich trotzdem bleiben, mich von Sebastian zulabern lassen, bis ich Kopfschmerzen bekam und mich nach etwas anderem umsah. Ich bereute es, Ralf meine Ersparnisse auf den Dealertisch gelegt zu haben. Sollten sie doch alle machen, was sie wollten. Dieser Gegend konnte man nur den Rücken kehren. Die große Mehrheit würde noch bis in ihre letzten Atemzüge mit Trabi-Witzen um sich schmeißen, die tonangebenden Kämpfer an den Fronten von Kulturindustrie und Politik würden sich im hohen Alter, genauso pathologisch, von der automatisch betriebenen Lehne ihres Bettchens und dem Schwadronieren über die *friedliche Revolution* aufrichten lassen – allein der inflationäre Gebrauch dieser Wortwahl ging mir auf die Ketten. Revolution. Was war es denn anderes als selbstgerechtes und allzu deutsches Gelaber, einmal in der Geschichte, einmal (gähn, denn es heißt: schon wieder) Teil von etwas Großem und Weltbewegendem gewesen zu sein. Sollten sie palavern und noch ein Denkmal und noch ein Mahnmal zur Selbsterbauung in die Landschaft stanzen ... (Verdrehen Sie nicht die Augen, ich hab's schon gemerkt, ich laber mich fest.)

Ilse war unfreundlich, und mit der Zeit wurde mir kalt. Ich meine das Tief, Tief Ilse. Ich war eine Ewigkeit durch den Regen gegangen, ohne dass ich aus meinen Gedanken einen Entschluss formen konnte, das Lied hatte ich auch vergessen. Ich befand mich bereits außerhalb der Stadt, auf der Landstraße Richtung Thalheim oder so. Ich hätte einfach weitergehen können.

Wäre ich mal.

Es dauerte eine halbe Ewigkeit, und es wurde schon dunkel, bis ich zurück in Bitterfeld war und mich in den Asia-Döner pflanzte. Aus Rücksichtnahme auf meine monetäre Lage bestellte ich das Einfachste, die öligen gelben Nudeln mit ein paar Schnipseln Lauch und einer stattlichen Prise Glutamat. Ich nahm mir ein Sternburg, nur eins, dachte ich, das auch kalt gut plopppte. Am Nachbartisch schaufelte ein Arbeiter das gleiche Menü in sich rein. Zwei Spritties standen vor der Tür, rauchten, gestikulierten, schoben die Hand an den Gürtel, als bräuchten sie diese Stütze, wenn sie den Kopf zum Trinken in den Nacken warfen. Die Öffnungszeiten des Ladens standen in roter Schrift auf der Scheibe – leider nur bis 22 Uhr. Ich rätselte, wo ich danach hingehen könnte und wie spät es jetzt wohl war. Im Fernseher über mir, ich verbog mich fast, um das Bild zu sehen, lief gerade Werbung für einen Nassrasierer und/oder ein Auto. Die Vietnamesin verfolgte apathisch die schnellen Schnitte zwischen den Bildern, während ihre Hand meine Nudeln mit zwei langen Stäbchen auf den Teller hievte: «Eima die Ein, bidda.» Dankbar die Ration entgegennehmend, fiel mir ein, dass ich mein Handy aufladen könnte, um die Uhrzeit rauszukriegen und um vielleicht jemanden anzurufen, der mir im Moment nur nicht einfallen wollte. Da ich darauf wettete, dass die Verkäuferin so was ungern sah, wartete ich, bis sie ihren müden Blick auf die verregnete Fensterscheibe richtete und wahrscheinlich an die Heimat dachte; die Steckdose lag hinter dem Topf der Plastikpalme neben mir – ich zog meinen Rucksack dazu und ließ das Handy samt Kabel darin verschwinden. Klar erwischte sie mich. So ein Volldepp, schien ihr Blick zu sagen. Sie hatte recht. Ich versteckte mich hinter dem Dampf der Nudeln und aß, als gäbe es morgen nichts, was vielleicht ja stimmte.

Sobald das Telefon eingeschaltet war und ich in Sachen Uhrzeitfrage resigniert feststellen musste, dass ich nur noch eine Stunde im Asia-Döner hatte, bedeuteten mir kleine Symbole, dass ich ein paar Anrufe verpasst hatte. Vier waren von Ralf, einer von Frau Köck und einer – raten Sie. Ich zog das Telefon samt Kabel aus der Tasche und rief sofort zurück.

«Und, was hat er gesagt?»

«Wer?»

«Dein Vater. Zum Brief von der Honecker.»

«Hat er noch nicht.»

«Hm?»

«Er hat ihn noch nicht. Ich werf ihn später rein.»

«Reinwerfen, reinwerfen, du kannst doch hingehen und sagen, dass er im Briefkasten lag.»

«Glaubt er mir nicht. Er war heute schon unten.»

«Mach's jetzt. Ich wäre zu gerne dabei!»

«Ich mach's später.»

«Jetzt.»

«Ich bin nicht zu Hause.»

«Dann geh hin.»

«Später.»

«Du bist so ein Lappen, Junge …»

«Ja.»

«Was?»

«Ja.»

«Tusch! Backpfeife.»

«Ich dachte, du wärst campen.»

«Haste mal rausgeguckt? Wir sind umgedreht.»

«Regnet's bei dir auch?»

«Na klar regnet's. Denkst du, der Regen macht einen Bogen um unser Haus?»

«Ach, nichts.»

Stille. Schwer zu sagen, ob ihr dämmerte, dass ich sie zu einer Einladung – komm doch vorbei und sieh dir den Regen selber an – provozieren wollte.

«Bist du wieder scheiße drauf, oder was?», fragte sie mit einer Selbstsicherheit, die an Aggressivität grenzte.

«Geht so. Paar Probleme. Er hat mich rausgeschmissen.»

«Was? Ich versteh dein Genuschel nicht.»

«Paar Probleme.»

«Du bist doch nicht etwa sauer, dass ich ohne dich zelten fahren wollte?»

«Nein.»

«Hör zu, ich hab dir gesagt, ich mach, was ich will, das hab ich dir klipp und klar gesagt –»

«Ich hab kein Problem damit.»

«Womit *dann*?!»

Ich sagte nichts. «Sollen wir», rang ich mit einem Hefekloß im Hals. «Sollen wir uns vielleicht sehen?»

Genervt stöhnte Nicole in den Hörer und sagte: «Morgen vielleicht.»

«Morgen …»

«Ja, meinetwegen morgen.»

Als ich anatmete, um zu erklären, dass ich keine Ahnung hatte, wo ich bis dahin die Nacht verbringen sollte, war das Gespräch für sie schon vorbei. Tut-tut-tut. Ich glaube, ich hab schon mal gesagt, dass Sie hier in Sachen Erotik nicht auf Ihre Kosten kommen werden.

Nach dem ersten Bier überlegte ich noch, schnurstracks zu Ralf zurückzugehen und wenigstens einen Teil meines Geldes zu retten. Ich sah in die Runde. Der Arbeiter lehnte sich in seinem Stuhl zurück, die Beine ausgestreckt unterm Tisch übereinandergeschlagen, er verfolgte ein Snooker-Spiel, die Regeln habe ich bis heute nicht begriffen. Vor der Tür hatten die Suffkis die letzte Runde gezischt, und einer verabschiedete sich lang und wortreich vom andern, der noch ein Weilchen die Stellung im Regen hielt. Die Vietnamesin schüttete gemächlich die übrigen Nudeln in eine Tupperware – sie rechnete mit keiner Kundschaft mehr. Beim Öffnen des zweiten Biers, das ich mir vor dem ersten noch strikt verboten hatte, dachte ich schon: Was soll's?

WOLLTE ICH NICHT MITTEN IN DER NACHT die Möbel zerlegen und mir eine mittelschwere Rauchvergiftung einhandeln, musste ich wohl auf das Feuer verzichten, das ich mühsam in Gang zu halten versuchte, um mir eine kleine Schlafstelle herzurichten. Das Sofa der Frau ohne Namen schien noch recht intakt, nur musste ich es von dem Krams befreien, der darauf verstreut lag, um es mir einigermaßen bequem zu machen; Papiere, Klamotten und eine elektrische Kaffeemühle. Ich las die Polster der Rückenlehne vom Boden auf, sie waren zerschnitten und rochen muffig, fühlten sich feucht an oder kalt, und wahrscheinlich war es besser, dass ich nicht sah, wo genau ich mich bettete. Insekten und Spinnen machten mir keine Sorgen, Ratten konnte ich nicht ausstehen. Deswegen ging ich ein paarmal lärmend das ganze Zimmer ab, hämmerte gegen die Anbauwand und kickte mit dem Fuß die Ecken frei, in der Hoffnung, dass ich die Biester aufscheuchen und hinausjagen würde. Zum Glück blieben mir panisch flüchtende Nager erspart, und ich schloss die Tür. Ich legte mich auf das fertig gepolsterte Sofa, zog die Kapuze meines Parkas tief ins Gesicht und verharrte wie eine Mumie.

Muss ich Ihnen erzählen, dass es zwecklos war, auf Schlaf zu hoffen? Ich hätte zu Ralf gehen sollen. Seine Wohnung bot zwar nicht wesentlich mehr Komfort, aber immerhin waren Türen und Fenster seit Jahren intakt. Türen und Fenster. Das Fenster. Ich erhob mich und ging rüber. Die Rahmen waren ausgebaut, die Öffnung mit fast würfelförmigen Steinen vermauert. Ein Riss in der Fuge ließ mich auf die Straße spähen. Wenn ich mich ein bisschen verbog, konnte ich unser Küchenfenster auf der anderen Seite sehen. Die Deckenlampe war ausgeschaltet, aber durch die geöffnete Wohnzimmertür fiel doch genug Licht, dass ich hineinsehen konnte. Ich starrte gespannt auf das Fenster und überlegte, mit welchen Gedanken oder Tätigkeiten sich mein Vater wohl gerade herumschlagen mochte. Wahrscheinlich trank er sich Wut an, die Wut auf mich, die ihn seit heute Nachmittag wieder verlassen haben und, schätzte ich mal, einer kleinen Spur Sorge, wohin geht der Junge nur?, gewichen sein dürfte. Da mich interessierte, ob ich ihn vielleicht in meinem Zimmer erwischte oder was er in der Stube trieb, versuchte ich, den Riss in der Fuge durchs Herauspulen kleiner Stücke Mörtel zu vergrößern. Sie zerkrümelten unter meinen Fingern, und schon konnte ich mein Zimmer sehen – es war stockfinster. Ich pulte weiter, und dabei löste der Stein sich, ich versuchte, ihn ein Stück zur Seite zu schieben – und wump, lag er unten, ich sprang schnell zurück, weil zwei weitere Steine ihm polternd folgten und ich nicht gerade die Absicht hatte, die Dinger mit den Füßen aufzufangen. Deutsche Wertarbeit.

Er sah fern. Er tat mir leid. Ich dachte mir, dass er seine Korrespondenz mit Frau H. vielleicht nur aus Einsamkeit und Langeweile aufgenommen hatte. Vielleicht war es eine fixe Idee, nicht anders als meine Comics – du hast eine Idee, du knallst sie aufs Papier und fertig.

Unser Haus kam mir aus dieser Perspektive eigenartig fremd vor, alt, als dauerte es nicht mehr lange, bis es dasselbe Schicksal ereilte wie mein kleines vorübergehendes Domizil für hinausgeworfene, missratene Söhne. Die Nachbarn sahen fern. In der Etage über uns huschte ein Schatten durch die Küche, Frau Rindermann schmierte wahrscheinlich Brote für morgen, Sonntag, wenn sie mit ihrem Mann wieder in den Garten fuhr, gleich in der Nähe, nach Schrenz oder so. Pünktlich um sieben Uhr würde Herr Rindermann sich auf den Weg zur Garage machen, wo er das Auto untergestellt hatte. Herr Rindermann war ein alter Offizier; obwohl er sich jenseits der siebzig befand, ließ er mit seinem selbstbewussten, klaren Blick und seinem sicheren, direkten Tonfall so ziemlich jeden beinahe preußisch Haltung annehmen, wenn er mit ihm sprach, sogar meinen Vater. Herrn Rindermanns Auftreten war ein Auftritt. Sonst bekam man nicht viel von ihm mit, die Frau schien viel zu machen. Als ich vor einiger Zeit mal das kleine Schildchen für den Hausdienst (ja, gibt's noch: Treppenhaus wischen, Straße kehren) bei ihnen vorbeigebracht hatte, sah ich ihn vor einer Tageszeitung sitzen, ganz eingefallen, das hatte mich erschreckt. Morgen würde er sein funkelndes Auto hervorholen dürfen wie jeden Sonntag, unzählige Sonntage zuvor. Wie sollte es anders sein? Wenn man schon nicht mehr im Garten schlief wie damals, als man noch übers Wochenende bleiben *konnte*, aber man war alt geworden, und die Einbrüche häuften sich, angeblich.

Ein bisschen bereute ich, dass ich ein paar Stunden vorher noch so abschätzig über alles und jeden hier gedacht hatte. Ein bisschen. (Denken Sie ja nicht, ich nehme von meinen Äußerungen dieser ewigen Zone hier gegenüber irgendwas zurück.) Meine eigenen Gedanken erschienen mir nun wie ein blöder, tourettemäßiger Anfall. Vielleicht hatte mein Vater auch bloß einen ähnlichen Anfall erlitten, zur Schreibmaschine gegriffen und losgelegt. Aus alldem sprach doch Hilflosigkeit – wieso hatte ich das nur so lange übersehen? Sogar sein Ausraster mir gegenüber, mein Rauswurf, den er wahrscheinlich für sehr dramatisch hielt, ich kam immer noch nicht über den Gebrauch großer Gesten hinweg – vielleicht hatte er bloß keinen anderen Adressaten für eine Wut gefunden, die sich angestaut hatte seit, seit einem dieser Sonntage, damals, als Rindermanns noch im Garten schlafen *konnten* und wir die Taschen meiner Mutter ins Auto brachten, einen Koffer, die lila Reisetasche mit dem Geparden drauf für ihre erste Saison *drüben*. Vielleicht war er seitdem nichts losgeworden, und seine Zunge war seit damals verklebt geblieben, gelähmt. Herr Seifert stand mit seinem Hund auf der Straße, und die Frau, in deren Wohnung ich mich nun befand, wie hieß sie noch?, lehnte am Fensterbrett. Beide verharrten als Standbild, sie starrten mit offenen Mündern herüber: Wohl auf große Fahrt, was? Herr Seifert wurde kleiner als sein Hund. Und auch meine Mutter wusste damals nicht, was sie sagen sollte, Ja, na ja … Woher sollte sie eine Erklärung nehmen, wenn sie nicht einmal zu stehlen war? Sie zog die Schultern und Brauen nach oben und war längst im Auto, als Herrn Seiferts Köter die Herkunft ihrer Stimme lokalisieren und sein hohes, keifendes Gekläff anstimmen konnte. Krach. Damals übernahm Paps noch die Dinge, jedenfalls die notwendigen, die Erklärungen, damals nahm er noch die Dinge in die Hand, und ich hörte ihn, gedämpft durch die Scheibe, ein paar Schlagworte runterrasseln: Arbeit, Drüben, Sollmanmachen. Sein Schlüsselbund in der Ringerfaust, damals wie heute, er hob es zum Abschied. Das Auto hatte damals schon Schlagseite, sobald er eingestiegen war, und die ganze Fahrt über sagte schon damals niemand ein Wort. Minuten später, am Bahnhof erst, da quoll es wenigstens aus ihr heraus: Ich bin seine Mutter, ich kann ihn doch nicht alleinlassen, sagte sie, Tränen in den Augen und mich von oben bis unten musternd, so viel von meinem dreizehnjährigen Gesicht aufsaugend, wie jetzt, in diesen letzten Augenblicken, möglich war. Die Sonne glühte wie ein Kernkraftwerk. Er sagte Wirdschon. Wirdschon. Arbeit, Drüben, Sollmanmachen. Und sie ließ ihren Blick zur alten Anzeigetafel huschen, mit den umklappenden Buchstaben, München. Daneben die neue Bahnhofsuhr, damals tatsächlich neu, die Zeiger standen seit Wochen auf Zwölf; vor ihre Scheibe war ein Kreuz geklebt aus silbernem Panzertape, aber das sagte man damals noch nicht. Meine Mutter sah auf die Uhr an ihrem Handgelenk, sie sah auf die Gleise, sah zu mir, überallhin, aber seinem Blick wich sie aus, wie er da stand, Paps, breitbeinig über dem Gepäck, dem Koffer, der lila Tasche mit dem Geparden drauf, die oben fest verknotete Einkaufstüte vor dem Bauch, das Fresspaket, wie er es den ganzen Morgen über genannt hatte, darin belegte Brote, Bockwürste in Butterbrotpapier, hartgekochte Eier, Äpfel, anderthalb Liter Limo. Du willst mich wohl mästen, sagte sie zum wiederholten Mal an diesem Tag, scherzhaft, es fehlte nur das Knuffen in den Oberarm, und wieder kriegte er den Mund nicht auf, sagte nicht, was sie sich erhoffte, Bleib doch, Muttchen, bleib. Wieder schaute sie woandershin, nach unten, zum Gepäck, zum kleinen Schloss am Reißverschluss der Gepardentasche. Sie fingerte nach ihrer Gürteltasche, die man damals noch, ohne damit ein modisches Statement zu machen, trug, darin ihr Portemonnaie, im Portemonnaie der kleine Schlüssel für das Kofferschloss, hinter die Klarsichtfolie geklemmt, vor unseren Passfotos, er, sie, ich – alles an seinem Platz. Die Augen zurück auf die Gleise gerichtet, ihr Blick klarte auf. Sie griff nach den Riemen der Tasche, und dann hörte ich es auch, mit den Eingeweiden zuerst, als käme es von dort, das elektrisierte Summen. Wenige Sekunden später raste der Zug ein, an der Spitze, dort, wo der Lokführer gleich seinen Kopf herausstrecken und nach hinten richten würde, war der Name Bertolt Brecht zu lesen, und in ihrem Gesicht löste sich ein Krampf. Der Fahrtwind riss ihre neue Frisur samt blonden Strähnchen, für die sie gestern noch bei Daggi unter der Haube gesessen hatte – Hach, und du gehst wirklich, meine Gute? –, nach hinten und machte sie mit einem Wusch kaputt. Es störte sie nicht im Geringsten. Er, Paps, presste das Fresspaket an sich und wollte mit der freien Hand nach der Gepardentasche langen, griff aber ins Leere und drehte sich darauf, Schreck, lass nach, einmal, zweimal um die eigene Achse. Mama hatte sie schon in die geöffnete Zugtür gestemmt und war wieder bei mir, bedeckte mein Gesicht nun mit Küssen, hielt es mit beiden Händen fest, strich mir über die Haare und sagte wunderbare Dinge, dass sie stolz auf mich sei und dass sie die ganze Zeit an mich denken würde. Aber es fiel mir schwer, ihren Worten zu folgen, solange er hinter ihr auch den Koffer in die offene Zugtür wuchtete und, kaum hatte er das vollbracht, schon von einem Bein aufs andere trat und mit den letzten Worten, die sie jetzt gebrauchen konnte, drängelte: Losjetztlos, wobei sich seine Stimme auch noch panisch überschlug und er schließlich ihren Ellenbogen packte und sie daran aufs Trittbrett zog, zerrte. Sie zwinkerte mir zu und verschwand im Schatten des Abteils, aus dem die kalte Luft der Klimaanlage strömte. Vielleicht täuschte ich mich, aber ich hatte den Eindruck, ihr Rückgrat hatte sich, eine Sekunde bevor sie verschwand, in einer Weise aufgerichtet, wie ich es noch nie an ihr gesehen hatte. Paps sah sich noch mal am Bahnsteig um, ruckartige Vogelbewegungen, zitterndes Doppelkinn. Kein Wort. Außer: Dein Fresspaket!, rief er erschrocken. Das Gellen der Pfeife übertönte ihn, er lief mit dem Bündel neben dem Waggon entlang, reckte es mit der einen Hand in die Höhe, während er die andere vor die Augen hielt. Der Zug hinterließ nur das Summen der Gleise. Seine Umarmung und wie er mich an sich, sich an mich presste, während die Delfinschnauze am Heck des ICEs immer kleiner wurde, gehörten zum Drehbuch wie das spätere Abendbrot in der Küche, bei dem wir die belegten Brote aßen, Würste und hartgekochte Eier hinunterschlangen. Wir schwiegen, als hätten wir die Pflicht, eine sehr ernste Arbeit zu verrichten.

AM NÄCHSTEN MORGEN FÜHLTE ICH MICH ZERSCHLAGEN und noch müder als zuvor. Durch das Loch im Mauerwerk fiel ein bisschen Sonnenlicht, nicht besonders intensiv, und es hingen auch nicht diese schönen kitschigen Staubflocken in der Luft, die allem so eine angenehm verträumte Aura verliehen wie in einem Roman. Wenn ich meinen schmerzenden Kopf ein wenig anhob und drehte, konnte ich wieder auf die Fenster unserer Wohnung blicken, aber was sollte das? Mir war erbärmlich kalt. Ich sah das Zimmer, in dem ich mich befand, nun zum ersten Mal bei Tageslicht und war erstaunt darüber, wie bunt die Dinge waren, orangene Kleider, geblümte lila und rosa Kittelschürzen; die übrigen Stofffetzen entpuppten sich nun als Vorhänge und Tischdecken. Die Anbauwand hatte zu meiner Überraschung helles, fast weißes Furnier, und die Tapete war noch mit vorwendemäßigen Ornamenten versehen. Mir kam es merkwürdig vor, dass ich in der letzten Nacht so in diesem Zimmer gewütet und nichts Geringeres als eine ganze Kolonie von Ratten darin vermutet hatte, wo doch ein kurzer Blick am nächsten Tag nahelegte, dass ein paar kräftige Handwerkerarme reichten, und alles wäre wieder bewohnbar. Wie das Standbild eines Jim-Jarmusch-Streifens lag das Zimmer vor mir, absurd, aber so war es nun mal. Ich versuchte, nichts Bestimmtes zu fokussieren und keinem konkreten Gedanken nachzuhängen, ihn zu Ende zu denken. Wenn ich die Gedanken in Ruhe ließ, hörten sie vielleicht auch auf, mich zu belästigen. Sollten sie kommen und gehen, wie sie mir als Kind gekommen waren, die Gedanken, nachdem ich etwas ausgefressen hatte, die Unterschrift meiner Mutter nach der ersten Drei in Mathe gefälscht, die Lehrerin schrieb eine ihrer gefürchteten Mitteilungen in ein winzig kleines Muttiheft. Nach dem Donnerwetter zu Hause lag ich auf meinem Bett mit dem Rücken zum Zimmer, das Gesicht zehn Zentimeter von der Raufasertapete entfernt, aus deren Muster Figuren heraustraten, Krähen, Menschen, Krieger, Geschichten. Aus der Küche drang das

Herumgeräume von Geschirr und Töpfen, das Leben ging weiter, und ich dachte: Keiner hat mich lieb, und wollte, dass diese Erkenntnis nie aufhörte; damals war es Schlaf, der mich heimsuchte und vergessen ließ. Nicht anders wird es Mama ergangen sein, ein paar Jahre später, als sie nach Hause kam und er, Paps, den Anruf ihrer Mutter, Oma Anna (vergessen Sie's, kein Kontakt mehr), schon erhalten hatte, Mama am Wohnzimmertisch Platz nehmen ließ, Kartoffelsuppe und Bockwurst servierte mit Löffel und Gabel, ein Messer war überflüssig, wozu sind Zähne da?, beiß rein und happs. Er wartete, bis sie fertig war, und sagte dann, es sei was mit Tine passiert, ihrer Schwester, und stand hilflos neben ihr, die Hand schon in der Luft über ihrer Schulter, falls sie gleich von herzzerreißendem Schluchzen geschüttelt würde oder kreislaufkollapsmäßig vom Stuhl kippte. Es gehörte sich wahrscheinlich so, dass er weiter ausführte: ein Blutsturz nach der OP, Tine hätte nichts mitgekriegt. Er sagte das ziemlich oft, und seine beruhigende Hand schaffte es schließlich nicht auf ihre Schulter, denn Mama nickte nur: Ist gut, und stand auf. Ist gut, verschwand sie im Schlafzimmer und schlief einen Tag, zwei, Herrgott, ich stellte mir damals vor, sie würde nie wieder dort rauskommen, doch als sie dann am Abend des zweiten Tages vor uns stand, war es das tatsächlich, gut, oder viel mehr gegessen, auf jeden Fall kein Thema mehr, und ich wunderte mich damals schon nicht schlecht über diese Waffe: Schlaf.

Bei der Kälte konnte ich es aber vergessen, von ihr Gebrauch zu machen. Ich stand auf und hüpfte mich warm (was bestimmt sehr witzig aussah, ich wünschte, ich hätte mich gefilmt). Zum Frühstück öffnete ich eine Dose vorzüglicher Kohlrouladen, die irgendwer im Schrank hatte stehenlassen, mit einem Schraubenzieher. Danach kurbelte ich mir eine Kippe zurecht, zog das Handy aus der Tasche und wählte eine Nummer, die ich nicht gespeichert und nicht aufgeschrieben hatte. Ich kannte sie auswendig.

Es war nicht Mama, sondern ihr Typ, ich glaube, er hieß Manuel, der ans Telefon ging. (Natürlich weiß und wusste ich, wie er hieß, wahrscheinlich fühlte ich mich zu einer Art Rache verpflichtet. Denken Sie an Hamlet. Punkt, Punkt, Punkt.) Manuel musste zweimal «Ja, wer ist da?» sagen, bis ich mich vorstellte und unverzüglich meine Mutter an die Strippe bat. Manuel rief ihren Namen und fing an, mich auszuhorchen, was es gäbe, ob was los sei, ob ich nicht etwa Hilfe brauchte. Ich beschwichtigte ihn, des plötzlichen Erdrutsches wegen, den mein bloßer Anruf auf seinem Konto auszulösen schien. Er war ein einfacher Mann, und mir war auch klar, dass er, nur weil er im Westen lebte, das Geld nicht scheißen konnte – obwohl ich mir sicher war, dass das «Wir haben nichts», welches er meiner Mutter bei der Übergabe des Hörers zuraunte, für ihn etwas anderes als für mich bedeutete; reflexhaft war meine Lust geweckt, den Herrn Manuel-Polonius doch nach Geld zu fragen. Ich unterließ es.

Sie freute sich, mich zu hören. Sie fragte, wie's ginge. Ich sah mich in meiner prächtigen Herberge um und erklärte: «Gut. Man kann nicht klagen.»

Sie fragte, was ich so machte. Ich erzählte ihr von der Maßnahme, aber ich nannte es Arbeiten. Die Bewerbung an der Uni unterschlug ich genauso, auch wenn der bloße Versuch, doch noch angenommen zu werden, sie wahrscheinlich gefreut hätte. Ich muss dazu sagen, wahrscheinlich haben Sie es längst begriffen, wir hörten uns nur alle Jubeljahre mal, also alle paar Monate. Meist rief sie an und erkundigte sich nach dem Stand der Dinge, den sie weniger auf- als zum Anlass nahm (geht das: auf-/zum Anlass nehmen? Egal), um von ihrem eigenen Leben zu berichten. Manuel und sie hatten einen Garten, und meine Mutter kümmerte sich hauptsächlich um die Blumen, Karotten, Kartoffeln und Bohnen, während Manuel vor allem seine Funktion als Grillmeister bestens auszufüllen schien. Öfter kamen Gäste vorbei, die Nachbarn und Manuels Verwandte ... Ich schätze, Geselligkeit war etwas, das sie in unserer Familie vermisst hatte. (Ich meine, Sie verstehen schon: damals. Weder lud mein Vater gerne ein, noch führte er Freudentänze auf, wenn er Einladungen folgte. Besser: folgen musste, denn wenn einem keine Ausrede dazwischenkam, war das leider Gottes eine Sache des Anstands.) Nachmittags ging sie ein paar Stunden putzen, ich glaube, in einer Schule. Sie erzählte von diesem, sie erzählte von jenem, vom Muskelschwund der Nachbarin, von den Zicken, die der neue Fahrer im öffentlichen Nahverkehr machte, und sie fuhr seit Jahren *täglich* mit diesem Bus, sie erzählte von Manuels Chef, der öfter auf die Jagd ging und eine zünftige Rehkeule zu Manuels Geburtstag (klingeling, bis jetzt habe ich ihn jedes Mal vergessen) ins Haus brachte, sie erzählte und erzählte, es hätte mich nicht gewundert, auch etwas über die Hämorrhoiden der Leute zu erfahren. Sie erzählte ganz so, als kennte ich alle diese Menschen, von denen sie berichtete, schon jahrelang und als beanspruchte ich das Recht, über sie auf dem Laufenden gehalten zu werden. Nachdem ich mir das Übliche angehört hatte, dabei war ich in meiner neuen Butze hin und her marschiert, fragte sie schließlich doch nach meinem Vater.

«Ich glaub, ihm geht's nicht so», sagte ich. Die Sekunde Stille, die plötzlich entstand, ließ mich diesen Satz schon wieder höllisch bereuen.

«Uns geht's allen mal nicht so», sagte sie. «Das wird schon wieder. Manuel lag drei Wochen flach, wegen Scheidensehnenentzündung.»

«Sehnenscheidenentzündung», brabbelte Manuel im Hintergrund verärgert.

«Sehnen-scheiden… Was hab ich gesagt?» Sie lachte, und mit einem Schlag hatte ich den Sinn unserer fröhlich banalen Telefonate in den letzten Jahren kapiert. Sie war nicht etwa naiv, nein: Unsere Probleme blieben bei uns, ihre bei ihnen.

BEVOR ICH ZU NICOLE GING, lief ich noch schnell auf die andere Straßenseite. Ich gab dem Brief einen fürchterlich albernen Kuss und warf das Ding endlich ein.

Meret blieb unsichtbar. Unter dem Vorwand, irgendwelche Fotos zu entwickeln, okkupierte sie genau das Bad, dessen heiße Dusche ich ziemlich sehnlichst hätte benutzen wollen.

«Ich hab ihn abgegeben», brachte ich Nicole gegenüber meinen Vorwand hervor, «aber er wird ihn erst morgen lesen. Sonntags geht er nicht zum Briefkasten.»

Nicole ließ den Inhalt einer Spaghettipackung in siedendes Wasser rutschen, tauchte einen Löffel in die Tomatensauce: «Probier.»

Ich verbrannte mir auf Anhieb die Lippen.

«Vorsichtig, heiß», sagte sie (jetzt) und beugte sich vor, um mit mir gemeinsam den Löffel zu pusten. Obwohl das saublöd war, jagte es sämtliche Kräfte aus meinen Knien.

«Gut?»

Und wenn es geschmeckt hätte wie das Zeug, das Herrn Seiferts Hund die Augen verklebte, ich hätte genauso eifrig nickend zugestimmt.

Nicole machte einen kleinen Hüpfer vor Freude, spitzte ihre Lippen zur Karikatur eines Kussmundes, der immer größer wurde, je näher sie damit kam, um ihn mir links und rechts – auf die Brillengläser zu drücken. Sie lachte, sie lachte laut auf, wie kann man nur so laut lachen? Darauf verkündete sie heiter bis schadenfroh: «Du stinkst ein bisschen.»

Mich setzend, erklärte ich, wo ich die Nacht verbracht hatte. Sie meinte, dass mein Vater sich bald wieder einkriegen würde. Ich glaubte nicht so recht daran. Vielleicht wollte ich nicht daran glauben, weil es bedeutete, dass ich jederzeit nach Hause gehen konnte.

Während sie den Tisch deckte, nahm ich meine Brille von der Nase, um die Gläser zu putzen. Ich weiß auch nicht, wieso, aber ich warf einen verstohlenen Blick auf die Abdrücke. Dabei erwischte sie mich natürlich. Räuspernd machte sie mich auf ihre Kenntnisnahme aufmerksam und amüsierte sich. Ehrlich gesagt, glaube ich, dass sie mich bei allem erwischte, was ich tat oder dachte. Sie erriet, so kam es mir jedenfalls vor, meine Absichten, ehe ich mir selber überhaupt darüber im Klaren war, dass ich welche hatte. Sie genoss es, sie ans Tageslicht zu zerren, um ihnen gleich darauf den nächsten Dämpfer zu verpassen. Entweder gab sie einen Scheiß darauf, was andere Leute fühlten, oder sie hatte einfach Freude daran, mit diesen Gefühlen abwechselnd Rugby und Strippoker zu spielen (andersrum natürlich: erst nackig machen, dann der Tritt in die Kronjuwelen). Ich meine: Bin ich der Einzige, der annehmen musste, unser Gespräch könnte sich im Lauf des Nachmittags und beim Spaghettiessen ebenso gut in eine Susi-und-Strolch-mäßige That's-Amore-Richtung entwickeln? Während sie das Nudelwasser abgoss, schnitt sie ein vollkommen anderes Thema an: Filme. Was meine Lieblingsfilme seien. Ich zuckte die Schultern. Nicole mochte Roadmovies. Ich sagte, dass ich sie auch mochte, meistens aber die Enden scheußlich fand. Das schien sie ein wenig zu nerven, aus welchen Gründen auch immer, wahrscheinlich konnte sie es nicht leiden, wenn jemand ablehnende Meinungen zu irgendwas äußerte, das ihr rundum gefiel. Ich sagte, das Problem bei solchen Filmen wäre, dass es für die Figuren immer mit einem Ortswechsel getan sei. Es gäbe zu viele Probleme, also weg. Als läge es allein an einem Ort oder so was. Meiner Ansicht nach wären alle Filme doch kleine Reisen von A nach B, der Ort wäre nicht das Problem.

Nicole schien nicht wirklich zuzuhören und hüpfte weiterkochend, hier noch ein bisschen Salz, im Gespräch umher: Wie ich das meinte, manchmal gäbe es doch keine andere Lösung, als abzuhauen. Möglich, sagte ich – ich hatte keine Ahnung, ob ich mich verständlich machen konnte, wahrscheinlich stotterte ich ziemlich viel herum, weswegen ich hier mal nur das Wesentliche zusammenfasse. Und aus mir unerfindlichen Gründen (haha) steigerte sich auch noch mein Gefühl, dass ich recht hatte und Nicole von ihrem Spleen für Roadmovies abbringen musste. Möglich, sagte ich also, wenn man Stress mit ein paar bestimmten Leuten habe oder einfach nur eine anständige Arbeit suche, dann wäre das Beste wahrscheinlich, wegzufahren, aber das sei doch nicht dramatisch. Außerdem nehme man die Altlasten doch immer mit, im normalen Leben, oder nicht? Irgendwas in Schubkästen suchend, fragte Nicole, ob ich damit Schulden und Geldeintreiber meine. Ich zuckte die Schultern und erwiderte, dass meiner Vermutung nach Roadmovies beim Publikum besonders gut ankämen, weil viele Leute auch mal von der großen Freiheit träumten, die das bloße *Unterwegssein* versprach. Die meisten brächten ja Wegfahren mit ihrem Urlaub in Verbindung, und im Urlaub könne man seinen ganzen Scheiß zu Hause, manchmal sogar sich selber, komplett vergessen. Was ein verständlicher Wunsch sei, aber mal herhören, war es nicht so ziemlich das Gegenteil davon, sich seinen Problemen ernsthaft zu stellen und sie zu bewältigen und so weiter?

Nicole fragte mich, ob ich eher auf die tragischen Enden stünde. Also, sie könne Happy Ends ja – Majoran? Ich nickte, weiß der Teufel, wieso –, sie könne Happy Ends nicht ausstehen. Was ich erstens leider zu typisch fand für eine alternativ angehauchte junge Frau wie sie, und zweitens wollten mir ihre Pauschalurteile nicht in den Sinn, als sagte das Genre Roadmovie oder das jeweilige Ende etwas über die Qualität einer Geschichte aus. Überhaupt Roadmovies – das Stichwort reizte mich in diesem Augenblick so stark, dass ich blöderweise ernsthaft darauf einzugehen versuchte. Ich nannte ein Roadmovie, Thelma & Louise – Nicole juchzte förmlich, weil es ihr Lieblingsfilm sei (selten, aber manchmal traf eben auch ich ins Schwarze). Ich sagte, dass der Film einwandfrei wäre, ich mochte ihn auch, aber er zeige die zuvor erwähnten Schwächen von Roadmovies und von dem, was wir für tragische Enden hielten, genau. Nur zur Erläuterung: Thelma und Louise sind zwei untere-Mittelschicht-mäßige Frauen in den Staaten, die mit ihrem Leben nicht klarkommen und mit einem Auto abhauen. Der Mann der einen will die Frau zurück, sie begegnen Brad Pitt in einer seiner ersten großen Rollen und legen sich nach und nach mit dem Gesetz an. Am Ende, sie sind umstellt von all ihren männlichen Widersachern, wählen sie den Weg der Freiheit und fahren mit dem Auto direkt auf einen Canyon zu und stürzen hinab. Aus. So tränenrührend das sei, sagte ich, der Filmemacher habe es sich leicht mit diesem Ende gemacht. Ich erfand ein Wort namens freiheitsfundamentalistisch und erläuterte Nicole, die mich zusehends skeptisch ansah, dass man die beiden Heldinnen wie die meisten Roadmovie-Helden unter anderen Gesichtspunkten auch einfach nur als hoffnungslos infantil bezeichnen könne: Ihr lasst uns nicht blöd durch die Gegend fahren, also bringen wir uns um. Das Ende wäre nicht tragisch, sagte, nein: dozierte ich, sondern viel eher melodramamäßig. Und da sie mir nun mal zuhörte, verriet ich ihr auch, was ich glaubte, warum der Filmemacher das so gelöst habe: weil es leichter und in dem Fall sogar angenehmer wäre, die Damen um die Ecke zu bringen, als sie einem wirklich tragischen Ende auszusetzen, das da so aussähe: zurückzugehen oder ein neues Leben weiß-der-Kuckuckwo anzufangen und dort, tada, auf dieselben Probleme zu stoßen, neue männerdominierte Jobs mit nicht auszuhaltenden Bedingungen, Kündigungen, andere männerdominierte Jobs, oder derselbe Job tagein und tagaus, neue Liebesaffären, bei denen sie sich aber mal grundsätzlich entscheiden sollten, ob sie ein Leben lang diesen oder jenen Fehler weiter mit sich herumschleppen wollten, das Leben ginge weiter und weiter und weiter, und dieses verdammte Duracell-Prinzip böte Stoff für jede Menge Filme, aber mit dieser Gewissheit eines sich immer weiter fortsetzenden Schmerzes durfte der Streifen ja nicht enden, sagte ich und schloss, dass der Regieheinz uns meiner Ansicht nach genauso gut mit einer pompösen unglaubwürdigen Party in Saus und Braus hätte abfrühstücken können, einer übergroßen mit Livegesang und geschwängert mit Freudentränen, auf der alles tanzte, was Beine hätte, als wollte er schreien: Seht her, einen bekloppteren Todeskuss vor dem Abspann habt ihr nicht verdient! Amen. Meine Wut war raus.

Nicole verkündete, dass das Essen fertig sei, tischte auf und setzte sich.

«Trotzdem ist er nicht schlecht», mengte ich dem eisigen Schweigen eine halbe Entschuldigung bei, weil ich mir, kaum hatte ich meinen Sermon abgelassen, selber nicht mehr glaubte. (Die grundsätzlichen Ansichten anderer zu glauben fällt mir schon schwer. Und nennen Sie es wenig standhaft oder unüberlegt, aber mit meinen eigenen Ansichten verhält es sich noch viel drastischer: Sobald ich solche Gedanken irgendwo ausbreite, erscheinen sie mir auch schon wie der letzte ideologische Müll. Was waren sie anderes als sonntagnachmittags am Kanal zusammengeschraubte Fragmente? Hätte ich diese Dinge wirklich kapiert – wen müsste ich damit agitieren? Heißt es nicht, dass die weisen Leute schweigsam sind? Vielleicht übersehen wir sie nur dauernd vor lauter Dummschwätzern, zu denen ich mich im Übrigen ebenso zähle, hm?)

Nicole schnitt ihre Spaghetti. Das ist schöngeredet; sie säbelte. Dass ihre Stimmung sich im Keller befand, hinderte sie nicht daran, zu spachteln wie ein Bauarbeiter. Als ihr einfiel, dass noch ein offener Wein neben dem Herd stand, angelte sie mittels Stuhlkippel-Akrobatik nach der Flasche und schenkte zuerst sich in ein Senfglas ein, dann mir. Nachdem sie das halbe Glas geext hatte, fragte sie, was ich tun würde, wenn sie mich in Berlin nicht nähmen.

Ich sagte, ich wüsste es nicht.

Sie sagte: «Sie werden dich nehmen.» Das erstaunte mich. «Es wäre zwar schöner, wenn du bleibst, wo und wie du bist, aber so ist es dann wohl.»

Ich verstand nicht. Nicole lächelte mir ermutigend zu und legte die Hand auf meine Schulter. Ein-, zweimal klopfte sie auch noch drauf. Mir schwante lediglich, dass das bedeutete, ein klugscheißender Kumpel, der bald wieder wegfährt, weiß, wo sein Schlafplatz ist. Auf der Couch.

Nachts beim Fernsehen – Meret legte inzwischen einen Telefonmarathon ein, durch die halboffene Tür erhaschte ich nur einmal kurz einen Blick auf ihren Rücken – streichelte Nicole mir den Kopf. Ich Idiot wagte es nicht. Denn wieder hatte ich etwas gelernt: dass man auch mit schlau klingenden Worten dumm wie ein Brett sein konnte.

KEINE BANGE, ES GEHT SCHNELL, ich bin gleich wieder bei der Brieffreundschaft meines Vaters.

Frau Köck hatte uns davon in Kenntnis gesetzt, dass wir

am Montagmorgen auf dem Werkshof zu erscheinen hätten. Dort erfuhren wir nun mehr über den nächsten Einsatzort. Ihre lila Tolle schützte sie mit einer Plastikmappe, wahrscheinlich unseren Personalakten, vor dem Regen. Es regnete nicht mal stark, dafür gleichmäßig und unaufhörlich. Ilse Bilse, keiner willse. Ich meine das Tief. Tilo meinte, dass es noch happig kommen werde mit der Flut. Statt zu fragen: Welche Flut, hä?, ignorierte ich ihn. Unsere Kolonne wurde einer anderen zugeteilt. Jutta sahen wir an diesem Morgen nicht, und Frau Köck ließ sich zu keiner Auskunft hinreißen. Selbst meine Frage, ob Juttas Sohn Sean sich wieder angefunden habe, ignorierte sie mit einem erleichterten Seufzer, als ein VW-Bus durch die Hofeinfahrt fuhr.

In einem eigens angeschlossenen Radio, das einer der übrigen Kollegen, alles Männer, mitgebracht hatte, schmetterte Rockland Sachsen-Anhalt Klassiker auf Klassiker, was aber die meisten der Herren im Bus nicht aus ihren Nickerchen reißen konnte. Passend zum Wetter lief «November Rain» von Guns N' Roses. (Warum konnten Rocksender nie die Ramones oder «I Just Wanna Be Your Dog» von Iggy Pop spielen?) Wir waren zum Straßenbau in einem Dorf namens Mößlitz verdonnert worden. Ich saß vorn, Slashs Solo läutete die große dramatische Wendung im Lied ein, und Tilo regte sich, zu mir vorgebeugt, darüber auf, wie man denn unter diesen Bedingungen überhaupt arbeiten könne, in Sachsen seien ganze Ortschaften durch die Wassermassen vom Rest der Welt abgeschnitten, Prag lahmgelegt, die Elbe krache aus allen Nähten, und unsere Mulde, das würde noch was, wir alle würden noch lange Gesichter ziehen … Ich verschwendete kaum einen Gedanken an unseren Fluss, die blöde Mulde, die meines Erachtens genau das Temperament besaß, das man hier verdiente, und die auch noch so hieß – *Mulde*, mild, klein, langweilig. Ich fragte Tilo, ob er was von Jutta gehört hätte.

«Wieso das denn jetzt? Nee.»

«Wegen ihrm Jungen. Ich hab ihn getroffen.»

Mit einem Ruck warf er sich schnaufend in seinem Sitz zurück.

«Du hast sie nicht zufällig gesehen?»

«Hab ich doch gesagt, nee!»

«Kann's sein», erinnerte ich mich nun auch an unser letztes Gespräch, «dass da was läuft zwischen dir und Jutta?»

«Sag mal», war seine Stimme wieder nah an meinem Ohr, und ich vermied es, den Blick in seine Richtung zu lenken, weil ich ehrlich gesagt keine große Lust hatte, mir seinen unappetitlichen Atem direkt in den Mund wehen zu lassen. «Spielst du hier Sexpolizei, Phillip? Meine Privatsphäre geht dich gar nichts an.»

«Spiele ich nicht. Ich frag wegen dem Jungen.»

«Spielst du. Du spielst Sexpolizei, anders kann man das doch nicht nennen.»

Spätestens jetzt waren die restlichen Gentlemen im Auto hellwach und verfolgten unser Gespräch, ganz gleich, wie leise Tilo es auch zu führen versuchte.

«Nenne es, wie du willst. Der Junge hat durchblicken lassen, dass es da einen Typen gibt …»

«Du spielst Sexpolizei!»

«Tue ich nicht.»

«Und wenn? Angenommen, Herr Sexpolizist, ich habe da was Betttechnisches mit Jutta – und dann?»

«Nichts, es juckt mich nicht die Bohne, was du mit ihr hast.»

«Wieso fragst du dann, hä?»

«Tilo, nimm einen Kaugummi oder so was, aber puste mir doch nicht die ganze Zeit deinen Mundgully ins Gesicht.»

«Wieso fragst du, hm?»

«Hölle!»

«Willst du wissen, wie's war? Willst du wissen, wie sie ist? Was wir gemacht haben? Ich kann dir sagen, was wir gemacht haben, Herr Sexpolizist. Am besten, du schreibst gleich mit.»

«Tilo, vergiss es.»

Auch wenn ich nicht hinsah, seinen Dentalzustand habe ich Ihnen ja schon beschrieben, dass er die Finger zu einem V spreizte und darin seine Zunge vor- und zurückglitschen ließ, sah ich so deutlich vor mir, wie ich die schmatzenden Geräusche dabei nicht überhören konnte. Um ihnen so weit wie möglich zu entgehen, drehte ich mich weg und beugte mich in meinem Sitz nach vorn, aber das stachelte Tilo nur an, er schien sich mit der Fingerspitze auf die Wange zu schlagen, der Mund leicht geöffnet dabei.

«Es reicht!», stieß ich genervt hervor. «Klar hat der Junge ein Problem mit dir.»

Tilo amüsierte sich, die meisten anderen im Auto taten dies nun ganz offensichtlich auch, und für den Rest der Fahrt war ich respektive der Herr Sexpolizist den Erzählungen und Imitationen aller möglichen Praktiken ausgeliefert (genauere Erläuterung würde Sie nur enttäuschen), bei denen Tilo sich von seiner redseligen Seite zeigte, die ich sonst nur in Bezug auf die Apokalypse von ihm kannte. Ich schob es auf die Gegenwart der zusätzlichen Hodenträger, die ihn zu dieser Freizügigkeit ermutigte, und fragte mich, warum er mir gegenüber stets so zurückhaltend gewesen war. Na ja, ich fragte es mich nicht wirklich: Es lag an mir.

Für das eine Ende der Straße war ein eigens engagiertes Bauunternehmen verantwortlich. Es stach durch seine Abwesenheit hervor. Glänzend schliefen dort die Paletten übereinandergestapelter dunkler Steine im Regen vor sich hin. Zu ansehnlichen kleinen Haufen aufgeschüttet lagen hingegen schon die Steine am aufgerissenen Straßenrand, die wir ABM-Kräfte in den Boden des schönen Mößlitz zu hämmern hatten. Ein Häufchen neben Tilo, eines neben mir und eins in der Mitte der Straße hinter einem der Typen aus dem Auto. Die anderen waren mit dem Verteilen von Sand in den Fugen, dem Abstapeln und Sägen (Sie können sich das nervige Geräusch vorstellen: Reeeeeeng!) der brockhausschweren Dinger beschäftigt, das nötig war, weil jede Reihe Straßenpflaster am Bordstein nur geschlossen werden konnte, wenn zuvor entweder ein Drittel oder glatt die Hälfte des Steines abgetrennt wurde. Sie waren rot oder rotbraun, so richtig konnte ich das nicht erkennen, weil mir die Schweiß- und Regentropfen auf der dreckverschmierten Brille permanent die Aussicht vernebelten. Wischte ich sie an den Ärmeln meines Pullovers ab, hatte ich gerade noch Zeit, einen Blick auf das Fenster eines angrenzenden Hauses zu werfen, hinter dem die Gardine einen Spaltbreit geöffnet wurde und jemand – ob Mann, Frau, jung oder alt, konnte ich nicht ausmachen – unsere sinnlosen Anstrengungen in Augenschein nahm, die Steine passgenau neben- und hintereinander in den Boden zu hämmern. Kurzgefasst: Es konnte niemanden geben, der so was freiwillig machte, es war eine bescheuerte Drecksarbeit. Das sagten mir schon nach einer halben Stunde meine Knie und mein Rücken. Die robusteren Typen (alle anderen) regten sich hauptsächlich über den unaufhörlichen Regen auf und legten, nachdem vier qualvolle Stunden und etliche Pausen vergangen waren, den Hammer schlicht und undramatisch nieder. Es wurde telefoniert. Hat keinen Zweck. Okay. Aufsitzen, Männer! Und zurück in den von innen an allen Scheiben beschlagenen Transporter. Keine Witze mehr. Der Sexpolizist hatte ausgedient. Schweigen im Kleinbus. Der Fahrer drückte Rockland Sachsen-Anhalt rein: «Last Night». Sie hatten The Strokes entdeckt. Mir half das nicht. Die Aussicht, morgen oder wann immer der Regen nachgelassen hätte, wieder an diesen Ort zurückzukehren, zog mich ziemlich runter. Zum ersten Mal während der Maßnahme wurde mir klar, dass mein bisheriges Leben in einer Art Schongang verlaufen war, ehe das eigentliche Programm losgehen würde (falls es denn losging). Dass ich in den letzten Jahren angeödet und/oder bekifft im Grundkurs Chemie sitzen konnte, von dem ich kein Wort verstand, oder, ein μ weniger desinteressiert, den Leistungskursen Deutsch und Englisch folgen durfte, aufgrund meiner körperlichen Untauglichkeit nicht mal Zivildienst leisten musste – all das kam mir mit einem Mal wie eine (und das ist nicht pathetisch gemeint, ich hab nur kein anderes Wort parat) Gnade vor, von der ich bislang nichts gewusst hatte; womit ich sie verdiente, schon gar nicht.

METAPHERN, die junge Menschen mit zarten Pflänzchen in Verbindung bringen, sind generell völlig Banane und was mich betrifft, sowieso fehl am Platz. Dennoch: Als ich dank des unaufhörlichen Regens nach Hause kam, fühlte ich mich bis auf den bloßen Stamm *zurückgestutzt* ('tschuldigung).

Vielleicht ist das ja besser: Ich stand begossener-Pudel-mäßig in unserm schmalen Flur, und gerade als ich zu meiner sorgfältig zurechtgelegten Erklärung für mein Wiederauftauchen von einem harten Leben auf der Straße ansetzen wollte – dass ich wenigstens etwas Neues zum Anziehen brauchte – und die Tür zum Wohnzimmer öffnete, verschlug mir sein Anblick die Sprache (mal wieder). Der Instant dampfte aus der Zwiebelmustertasse.

Er las.

Beide Hände in die Haare gegraben, brütete er über dem Brief. Neben ihm lag der rote Duden, Printed in German Democratic Republic (auf dessen Notwendigkeit ich sonst ein bisschen stolz gewesen wäre, jaha, erwischt. Heute war ich es nicht). Notizen waren überall auf dem Esstisch verteilt. Wäre ich meinem ersten Impuls gefolgt, ich hätte ihm das alberne Schreiben Frau Honeckers wieder weggerissen, eigenhändig in winzige Schnipsel verwandelt und als Schneegestöber über seinem Kopf rieseln lassen. Leider folge ich meinen ersten Impulsen nicht so oft. Stattdessen fragte ich ihn (manchmal ist man auch zu dämlich), was er da mache. Er wedelte unwirsch in Ohrenhöhe mit den Händen, ein Ersatz für den Ausdruck: *Lenk mich nicht ab!* Ich machte keine Anstalten, weiter auf ihn einzugehen; vielleicht hielt mich zurück, dass er so versenkt in eine Sache war, wie ich ihn lange nicht gesehen hatte (vom Abfeuern des Schreibmaschinengewehrs mal ganz abgesehen), vielleicht hielt mich zurück, dass es meine Worte waren, in die er sich da vergrub, vielleicht hatte ich mir das für meine Zeichnungen und Filmideen immer gewünscht, aber warum zur Hölle hatte ich sie ihm nie unter die Nase gehalten und gezeigt? Hatte ich denn tatsächlich immer nur mit demselben Nicken, Hmh-zur-Kenntnis-genommen, zu rechnen?

Ich trat vor, nahm dreisterweise den Schlüssel vom Tisch und verschwand in meinem Zimmer. Sollte er weiterlesen, dachte ich.

Der weiße Briefumschlag auf meinem Bett war nicht mal zugeklebt und warf mich um.

Liebe Frau Honecker
Haben Sie vielendank für Ihr Schreiben, das
mich soeben erriechte. Man sieht, dasz Sie
sich viel Zeit genommen haben. Vielleicht sind
Sie aber auch in Schreibkram wersierter als
ich. Ich gebe zu, ich habe nicht alles verstanden, was in Ihrem Brief steht, aber ich
werde mir mühe geben und XX ihn nochmal in
aller Ruihe lesen . Ich habe angefangen mir
ein paar Fragen zu notiern, auf die ich ein
andermal gerne nocheingehen würde. Zu den XXX
XXXX Dingen die ich vers anden habe möchte ich
iIhnen jetzt schon antworten. Zualler erst ich
musz Ihnen leider mitteilen die Schule hat mir
die sozialistischen Schritfs eller versaut .
Auch Gorki. Soweit ich mich erinnere gibt es

im Roman der Mutter viele Beschriebungen der
Farbikarbeit und der Lebensverältnisse im
damligen Ruszland. Das war sehr einprägsam.
An mehr kann ich mich nich erinnern. Wie alle
sozialsistischen Schriftsteller wollte Gorki uns XXXwachrütteln. Ich glaube ich habe
nach ein paar seiten nur nochmal das Vorwort
gelsen, in welchem die XXXXXXXXXXXXX später
in Leisungskontrollen abgefrasgten Stellen in
der richtigen weise interbretiert worden. Ich
hatte mir nur die Stellen zumerken und schon
hatte ich bei unserer Lerhrerin einStein im
Brett. Und nun zu meinem Sohn
XXXXXXXXXXXXXXXXXXXXXXXXXXXXXXXX
Ich habe einen Fehler gemacht.Warum nur fäll-
tes mir so schwer ihm meine Meinung klar kund-
zutun ? Wenn ich ihn aufmuntern will sieht er
mich schräg an. Wenn ich ihm etwas mitteiln
möchte klingt es als würde ich ihn eines Ver-
brechen anklagen. Selbst in meinen Ohren.
Auf, alles was ich sage oder tue e reagiert
er ironisch. Das reitzt mich, gebe ich zu.
Ich habe oft XXXXXXX das Gespräch gesucht
und ihm gesagt, Aber ich will nur das beste für dich. Bei ihm kommt an - Ich will dasz
du machst was dein Vater verlangt., Wenn ich
doch nur eine Stunde zeit mit ihm hätte es
gibt vieles was ich ihm mitteiln würde. Ich
würde ihm beispeilesweise sagen - Ich schätze
die Trennung von deiner Mutter nimmst du uns

nach zig Jahren immernoch übel. Vielleicht wäre es besser für dich gewesen du wärst mit ihr gefahrn. Aber erinnere dich. Du wolltest es nicht. Sie wollte es meineswissens nach auch nicht . Es gab fürdich keine optimale lösung.   Tut mir leid.
Auszerdem würde ich ihm gerne davon in Kenntnis setzen ich bin mir meiner Schwächen bewuszt. Vielleicht stellt genau das ein problem dar. Ich glaube er kennt es auch, dieses Problem. Und zwar mit allem Drum und dran. Für mich war das schon immer so gewesen, soweit ich mich erinnern kann. Nur hatte ich das Glück, dasz ich immer wieder an der Hand genommen wurde und meinen Aufgabenbereichen zugeführt wurde. Ob sie mir nun gefieln oder nicht. Das ist seit geraumer Zeit nicht der Fall. Und mir geht es auf Deutsch gesagt XXXXXXXXXXXXXXXXXXXXXXXXXXXXXXXXXXl bescheiden. Manchmal weisz ich nicht, was ist los mit mir. Ich möchte dann alles kaputt schlagen. Aber das mche ich nicht.   ICh musz Ihnen etwas beichten. Es kam das Schreiben von der Uni. Es kam an dem Tag, als ich Ihnen den ersten Brief schrieb. Ich hatte ein bisschen viel getrunken und war überdies auchnoch schlecht gelaunt. Ich habe es ihm nicht gesagt. Sie haben ihn eingeldan. Und vor lauter Wut habe ich XXXXihn ihm niht gegeben , den Brief. Das war ein fehler. Da ich davon

```
ausghenk ann, er liest diesre Zeilen hier,
weis ers jetzt. Hallo Phillip.
Mit besten Grüszen
Hermann Odetski
```

Ich musste es erst mal verdauen. Was auch immer dort noch stand: Sie hatten mich zur Aufnahmeprüfung eingeladen? Wann? Als ich ins Wohnzimmer trat, schob er das Schreiben der Uni wortlos und ohne aufzublicken an den Rand des Tisches. Ich nahm es, überflog die Zeilen: Es stimmte. Und Zeit hinzufahren blieb auch: Spätestens diesen Donnerstag zehn Uhr sollte ich in Berlin aufschlagen. Ich hatte den plötzlichen Impuls, ihm das Schreiben um die Ohren zu hauen, aber wie schon gesagt: erste Impulse … Meinen Parka schnappend, ließ ich ihn allein in seinem Selbstmitleid zurück.

«UND?» NICOLE TRUG DIE HOSE OHNE ROCK, was ich irgendwie schade fand. «Sie haben Katastrophenalarm ausgerufen.»

Ich zuckte die Schultern. «Er liest.»

«Was sagt er?»

«Nichts. Er liest.»

«Hat er nichts gesagt? Sein Gesicht hätte ich gerne gesehen.»

«Keine Ahnung. Als ich kam, hatte er ihn schon.»

«Er kriegt Post von Margot Honecker und *sagt* nichts? Was seid ihr denn für Leute?»

Was sollten wir schon für Leute sein?, dachte ich und quittierte ihre Frage mit einem Griff zum Senfglas. Wir unterhalten uns via Briefe, die wir an berühmte Dritte richten. Ich trank einen Schluck. Nicole nahm mir das Glas wieder weg und tippte mit der Zungenspitze den Tropfen ab, den meine Lippen dort gelassen hatten: «Kleiner Umweg», grinste sie. Gleich darauf riss sie die Pizza aus der Folie und warf sie wie ein Frisbee in den vorgeheizten Backofen. Womit wir schon wieder bei einem Spiel gelandet waren, dessen Verlierer mir von vornherein festzustehen schien.

«Er ist nicht stutzig geworden?»

«Wodurch denn?» Ich bemühte mich, meine Gedanken zu ordnen und die vorherige Gestenhuberei mit dem Glas zu vergessen. «Sogar die Briefmarke sah echt aus.»

«Vielleicht meine ich auch nicht die Briefmarke. Vielleicht meine ich ... das *Ganze*.»

«Das Ganze?»

«Er kann doch nicht einfach nur dasitzen und lesen!»

Spätestens jetzt hätte ich ihr von seinem Antwortbrief erzählen sollen, aus dem meines Erachtens hervorging, dass er schon wusste, wer ihm schrieb, aber ich sagte:

«Tut er aber. Ach doch ...»

«Was?»

«Er trinkt Kaffee und macht sich Notizen.»

«Trinkt Kaffee und macht sich Notizen, du bist ein Idiot, weißt du das?» Ich überlegte, wie sie das hinbekam und ob es eine besondere Form von Toughness darstellen sollte, mich einerseits mit einem Senfglas gefühlsmäßig komplett aus den Angeln zu heben und mir dann zu sagen, dass ich ein Idiot sei.

«Ich glaube, er hat sich Mühe gegeben, den Inhalt zu verstehen», bemühte ich mich um Gelassenheit. Den Umschlag auf meinem Kopfkissen zu erwähnen schien mir immer noch zu kompliziert.

«Scheiße, Phillip, er *glaubt* es?»

«Was hast du denn gedacht?», setzte ich meiner Unterschlagung noch eins drauf.

«Es hat sich wie ein Spaß angehört.»

«Ich fand's nie lustig.»

«Ja, aber du hast so witzig davon *erzählt*.»

«Ich habe sachlich davon berichtet, den Witz hast du dir gedacht.»

Ich biss mir auf die Unterlippe, denn nun dämmerte auch mir, dass ich bislang nicht nur mit der Tür ins Haus gefallen war und Nicole von meiner Einladung nach Berlin in Kenntnis gesetzt hatte, weil ich keine Ahnung hatte, wie es dann mit uns weiterginge. Wie sollte ich ihr das erklären: jetzt, wo ich schon die Geräte für den Abflug checkte, ließ ich mich noch immer von ihr an den Boden fesseln?

«Du bist so ätzend, wenn du schlau tust», sagte sie.

«Reine Selbstverteidigung.»

«Wogegen musst *du* dich denn verteidigen?»

«Gibt's noch Wein?» Diesmal grinste ich. Jedenfalls versuchte ich es.

Fump. Sie stellte die Flasche vor mich. Ich rührte sie nicht an.

«Weißt du, was dein Problem ist?»

«Nein.»

«Bei dir ist nie was klar», sagte sie. «Wahrscheinlich spielt sich die Klarheit in deinem Kopf ab, aber es kommen nur ein paar unzusammenhängende Fetzen raus.»

Eine Weile schaute sie in den Rauch der Zigarette, die im

Aschenbecher klemmte. Dann fügte sie, eine hilflose Geste mit der Hand vollziehend, hinzu: «Manche Leute halten zu lange an gewissen Dingen fest.»

«Reden wir jetzt von meinem Vater?»

«Himmelarsch, *nein*!»

«Wovon reden wir dann? Von mir?»

«Zum *Beispiel*! Was ist, bist du verliebt?»

Ich schluckte. Wie konnte man so direkt fragen? Mir schien, sie hätte mir nur die Wahl gelassen, mit welcher Antwort, Ja oder Nein, ich alles kaputtmachen konnte. Also zuckte ich resigniert die Schultern. Sollte sie es doch handhaben, wie sie wollte. Ständig sagte sie Dinge, die sie im nächsten Moment wieder umwarf oder nur umzuwerfen schien. Ständig spielte sie mit Andeutungen. Ich verstand sie einfach nicht. Ich verstand nicht, wie sie sich auf so eine Frage hin unterkühlt zurücklehnen und einen Arm unter die Brust klemmen konnte, mit der andern Hand die Kippe haltend, dass es so mondän wirkte, als sprächen wir über die verhunzte Opernvorstellung gestern Abend.

Was sollte es? Ich riss mich zusammen:

«Es gibt schon ein paar Dinge, die für mich klar sind.»

«Ach?»

«Ja.»

Sie riss die Augenbrauen hoch, et voilà, Monsieur, ich warte …

«Du bist unheimlich schön, zum Beispiel», hörte ich mich sagen. Ich war überrascht – obwohl es der Wahrheit entsprach, meiner Meinung nach –, ich war überrascht, dass mir dieser Satz laut über die Lippen gekommen war. Nicole wartete eine Sekunde, drückte dann die Kippe aus, legte kokett den Kopf zur Seite und schenkte mir das breiteste Fernsehgrinsen, zu dem sie fähig war. Dann beugte sie sich ein Stück vor, als wollte sie sichergehen, dass ihre Worte auch genau da ankamen, wo sie sie hinschickte. Auch wenn mir von dieser Nähe fast die Tränen in die Augen schossen, ich hielt stand.

«Und wie weiter?»

Ich schüttelte den Kopf. Nicole nahm meine Wangen und drückte mir einen Kuss auf. Irgendwie hatte ich mir das anders vorgestellt bzw. in Erinnerung. Ich war wie gelähmt, weil ich an das verdammte Unischreiben dachte, von dem ich ihr noch erzählen müsste. Sie entließ mein Gesicht wieder und sagte nach einer Weile: «Hast du dir mal überlegt, ob dein Vater in eine Klinik gehört? Das meine ich ernsthaft, Phillip.»

Ich stellte sicher, dass ich saß.

«Es war witzig mit dem Brief und das alles, aber wir machen es nur schlimmer.»

Ich senkte die Augen: «Er hat seine Antwort, und gut ist.»

«Und nicht gut ist. Weißt du, ich hab gedacht, er lacht sich kaputt, und du kommst nach Hause und lachst dich mit ihm kaputt, und ihr trinkt ein Bier zusammen oder so was. Aber der *meint* das ja ... Nicht wegdrehen, hör mir zu: Wenn er mal eine Weile, nur eine Weile in der Klinik wäre, die würden ihn auffangen und mit ihm reden, Medikamente, klar auch, aber ein bisschen was machen ... Der macht doch nichts. Oder was treibt er den ganzen Tag? Mal von dem Getippe abgesehen. Kriegt er mal andere Leute zu Gesicht? Sieht er vielleicht, dass es andern genauso geht wie ihm?

Oder wenn es nur eine Sache ist, die er dort sieht: wie beschissen andere dran sind …» Sie unterbrach sich und nahm meine Hand. Ihre Wärme strömte mir bis in den Bauch.

«Überleg's dir. Red mit ihm.» Sie drückte fester zu.

«Er schreibt Briefe an eine Politikerin», sagte ich und rührte mich nicht, nimm deine Hand nicht weg, nimm deine Hand nicht weg. «Das machen täglich Tausende. Was ist denn daran schlimm?»

«Ach, schlimm ist anders, das sage ich doch.»

«Andere Leute schreiben Leserbriefe.» Nimm sie nicht weg. «Oder sie sprühen Wände voll.»

«Du sollst dir doch bloß die Möglichkeit mal durch den Kopf gehen lassen.»

Weg war sie. Neue Kippe an. Sie atmete laut aus: zwecklos.

Ich sagte, dass ich zur Aufnahmeprüfung nach Berlin fahren könne.

«Wie kommst du denn jetzt darauf?»

Ich sagte ihr: «Nur so.»

Nicole: «Das ist schön, wirklich, das hast du dir doch gewünscht.»

Ich hatte mich grundsätzlich getäuscht: Sie sah weder besonders schockiert noch erfreut aus. Im Gegenteil, mein Vater schien sie mehr zu beschäftigen als die nahe Zukunft, in der ich nicht mehr hier in ihrer Küche sitzen würde. «Trotzdem solltest du dir diese Möglichkeit nur mal überlegen.»

«Du meinst die Option?», hörte ich mich sagen.

Nicole verstand nicht.

Ich kam mir so klein vor, lächerlich, wie vor der Frau beim

Amt, die mir so verflucht beamtendeutsch wie möglich, aber der witzige Dialekt fraß süsch dursch jehn einselnen Sats, die mir erst etwas von meinen Optionen erzählte, um dann ein paar – Entschuldigung, genauer: zwei – staatlich geförderte Klippschulprogramme auf ihrem narkotisierend langsamen Rechner für mich zusammenzuklicken, aber ich sollte mir meine *Optionen* mal überlegen … Und jetzt wieder: Möglichkeit, Optionen. Alles war irgendwie zu regeln.

«Du hast keine Ahnung!», sagte ich, meine Stimme klang hell wie Maiglöckchen. Ich kam mir wie ein Statist vor, reingepackt in diese Wohnung, zwischen Bilder, Einrichtungsgegenstände und Worte, die mir fremd vorkamen, Möglichkeiten, WGs, erdfarben gestrichene Wände, The-Bands, SMS an Freunde und Freunde der Freunde, mit Henna gefärbte Haare, gebatiktes Tuch an der Decke, Kerzenlicht und Wein und Gespräche, Gespräche vor und während und nach dem Essen, Gespräche, Gespräche, Gespräche … Ich langte zum Tisch und fegte das Senfglas herunter. Es zersplitterte auf dem Boden.

«Was soll das denn», klang sie tonlos.

Ich begann, neben ihr, kniend, die Scherben einzusammeln. Das schien sie zu amüsieren. «Nicht mal richtig werfen kannste», lachte sie. «Was kannst du eigentlich? Kannst du überhaupt irgendwas?»

Ich ging, wohin nur, ein paar sinnlose Schritte mit den Scherben in der Hand die Küche auf und ab.

«Reden kannste nicht. Streiten kannste nicht. Ficken kannste nicht.» Ich bog in den Flur ab. «Aber abhauen, das kannste wieder!»

Mit dem Ellenbogen drückte ich die Klinke. Ich trabte die

fünf Stufen hinunter. Als ich aus der Haustür trat und die regennasse Straße entlangeilte, hörte ich, wie hinter mir das Fenster geöffnet wurde: «Nun bau keinen Scheiß!», rief sie. «Komm wieder her!»

Ich drehte mich nicht um. Im Plattenbaugebiet öffnete sich ein weiteres Fenster, ein Mann in einem Sporthemd stützte beide Arme auf die Brüstung seines Balkons, als stünde er im mediterransten aller Sonnenscheine. Kaum war ich in seine Nähe gelangt, schüttelte er überdeutlich den Kopf und ließ mich nicht aus den Augen. Ein paarmal rief Nicole noch meinen Namen, einmal fiel er gepaart mit der von ihr bekannten Koseform für mich: Idiot. Ich solle ein solcher nicht sein.

Ich ging einfach weiter. Ich wollte von nichts mehr etwas hören, nichts mehr sehen, nichts reden, nicht mehr den ellenlangen Umweg in Kauf nehmen, um ja Ralfs Block zu meiden. Es zog mich förmlich zu dem verlockenden Hauseingang mit der kaputten Nummer zwei, den Nachbarn am Fenster, dem Parkplatz, auf dem wir so oft losgefahren waren, als noch alle da waren, Sebastian und Sanne und sonstnochwer, zu viert, zu fünft im alten Golf, hackedicht bekifft bis an die Oberkante Unterlippe. Die Aussicht auf Mir-doch-egal und Vergessen bot sich schon beim Anblick der Fenster im Dritten, Ralfs Fenster, beim Durchschreiten des Treppenhauses mit den vergilbten Gebirgslandschaften und kleinen Schuhschränkchen und Blumenbänken, beim Geräusch von Ralfs schlürfendem Gang hinter seiner Wohnungstür, bei dem kurzen Moment, in dem sich der Türspion verdunkelte und ich eine Grimasse schnitt, und dann das Klappern, Klacken und Rasseln der eins, zwei, drei Schlösser, die Ralf Ewigkeiten lang öffnete. Mir stieg der Geruch von Raumspray in die Nase, welches das süßliche Harz ja doch nicht verdecken konnte, und mir fiel Ralfs Begrüßung ein, das simple Nicken, sein Gang zurück, seine Adiletten und seine ausgebeulte Jogginghose, ihm nach ins Wohnzimmer, wo er sich zurück auf die Kuhle im Sofa knallte und wortlos irgendeinen Egoshooter zu Ende zockte, das monotone Gespräch – Und sonst? – Soll sein? – Mit wie viel kann ich dienen? – Mit zwei wäre gut – und Ralfs Griff unter den Couchtisch, seine Waage, die obenauf landete, das Servierbrett aus Plastik, auf dem er alles zurechtkrümelte, dann abwog, eintütete, rüberwarf – Firma dankt –, fünfundzwanzig Tacken, die ich zurückwarf – Was dagegen, wenn ich jetzt schon? –, Ralfs zuckende Schultern als Antwort, der Egoshooter ging in die nächste Runde, während ich mir die Bong schnappte, damit ins Bad wanderte, das dunkle, schmierige Köpfchen, das ich am Rand der Toilette ausklopfte, neu stopfte, Ralfs Teppich unter den Füßen, weil ich die Schuhe auszog, ich zog die Schuhe immer aus, das Feuerzeug neben der Zahnbürste, ausatmen, mein Daumen, der sich auf das kleine Loch an der Rückseite der Blubber legte, ausatmen und ziehen bis zum Schwarzwerden.

Ich nahm die Kurve gerade noch. Natürlich musste ich mit Ralf reden wegen des Geldes, aber nicht, wenn ich mich in so einem Zustand befand.

Vor der Haustür zögerte ich, meinen Schlüssel aus der Hose zu ziehen. In meinen Händen lagen noch immer die Splitter; sie klebten am Blut, nichts Dramatisches; ich ließ sie fallen und pulte mit dem kleinen Finger nach meinem Taschentuch, aber das war verschwunden, und mir wollte nicht in den Sinn, wo ich es gelassen hatte. Kurz hielt ich die geöffneten Handflächen in den Regen, dann sorgte ich dafür, dass ich die Tür nicht beschmutzte, indem ich sie nur mit der Fußspitze und dem Oberarm aufdrückte. Im Treppenhaus kam mir die Stille verdächtig vor. Aus unerfindlichen Gründen hatte ich mir gewünscht, dass er wieder vor der Schreibmaschine säße und schallend tippte, dass ich in die Tür treten, sein Zeigefinger innehalten und noch über den Tasten schweben würde, ich klitschnass in einem kleinen See vor ihm stünde, einsilbig erklärte, ich wäre hingefallen, und zum Beweis die Hände hob wie: Nicht schießen, Cowboy.

Aus dem Wohnzimmer drang kein Laut. Ich knipste das Licht an und warf einen Blick hinein. Die Schreibmaschine stand offen auf dem Tisch und war umgeben von losen Zetteln, einem Buch und Schreibkram – nicht mein Bier, dachte ich. Die Kuhle im Sofa war leer, die Ostseedecke noch sauber gefaltet. Mein Zimmer – Ebbe. Kein Geräusch aus der Toilette, ich klopfte im Bad an. Weil eine Antwort ausblieb, öffnete ich die Tür, nur um sicherzugehen und festzustellen, dass sich auch dieser Gedanke als Trugschluss entpuppte. Den Weg zum Schlafzimmer hätte ich mir sparen können, er konnte nur dort sein, weil seine Straßenschuhe noch immer im Flur auf dem Vorleger standen, akkurat wie immer; ich ging trotzdem hin, war aber, fragen Sie mich nicht nach Gründen, im ersten Moment erleichtert, ihn auch hier nicht zu finden. Wie vor Jahren war das Doppelbett ordentlich gemacht: Sie bräuchte bloß hereinzuspazieren, die Überdecke zurückzuschlagen und sich in die Kissen mit den Schwänen darauf zu drücken, wie sie es getan hatte, nachdem Tante Tine gestorben war, ich stellte es mir damals als Tränenschwamm vor, das Kissen. Vielleicht war es ein recht langer Moment, den ich dort verbrachte, denn als mir nach einer Weile ein Gedanke durch den Kopf schoss, war es, als schreckte ich aus einem Tiefschlaf auf: das Buch auf dem Tisch. Ich hechtete rüber zum Wohnzimmer, und – tatsächlich, Columbo: Gorkis Mutter lag umgedreht und aufgeschlagen darauf. Ich blätterte durch und fand den ersten Brief, den er geschrieben hatte. Er steckte in seinem Umschlag. In die Schreibmaschine war ein Blatt Papier gespannt:

```
Sie kamen mitdiesem seelischeMnn Leiden auf
die Welt,   es war ihnen von ihren Vätern
vererbt , begleitete sie wie X ein Schatten
bis zum Grabe und ver nlasste sie im Leben zu
abschuelichn Handlungen zweckloser Grausam-
keit .
```

Er hatte den Satz von Seite 9. Mein Blick glitt wieder über den Tisch, die Notizen auf dem Block, den ich mal vom Arbeitsamt mitgebracht hatte, die maschinengeschriebenen Seiten, deren Adressaten ich mir nun genauso denken konnte wie denjenigen, über den er da schrieb. Es war kein Übermaß an Neugierde, die mich gepackt hatte, als ich die nächste beliebige Seite heranzog:

```
Als seine Mutter ihn aus dem Krankenhaus mit-
brachte - ich hab mich wahnsinnig gefreut. Ich
hätte dir ganzeWelt abknutzschen können, aber
ich hatte siolche Angst, ihn auf dem Arm zu-
nehmen, weil er so klein war und meine Arme
```

```
mir viel zur grosz vorgekommen sind und viel
zu klobig. Aber nach einer Weile gings.
Und spaeter. Er warX so eiXn schönes, kluges,
aufgeweckte s (entschuldigen Sie die vieln
Tippfehler, schreiben ist nicht so meins)
```

Die Zettel waren voll mit so was. Ich las sie stoisch durch, das heißt, ohne mir weiter Gedanken zu machen. Ich wühlte mich von Papier zu Papier. Er berichtete vom Urlaub, er berichtete von der Würstchenbude in der Innenstadt, an der ich, noch im Kinderwagen, nicht vorbeigekommen wäre, ohne nach einer Bockwurst zu plärren. Er erzählte von den Ringertricks, die er mir beigebracht hatte, nachdem ich von André Hellinger im Kindergarten gewürgt worden war, und dies, wie er meinte, erfolgreich, denn ich hatte Hellinger ausgeknockt, ohne zu wissen, wie – und sogar im Schreiben verlor er sich in denselben Details, die ich damals schon nicht verstanden hatte. In einem der, na ja, nennen wir's Schnipsel erinnerte er sich an seinen eigenen Vater, einen Arbeiter – darauf legte er Wert –, mit dem «es auch nicht immer einfach war». Er meinte die Prügelstrafe, die er, sobald er selber Vater wurde, mein Vater, seinem Kind erspart hatte. So viele Erinnerungen diese Texte auch in mir wachriefen, so ratlos machten sie mich doch. Es hatte den Anschein, er verfolgte gar keinen Zweck mehr mit seinem Getippe. Er sprach niemanden mehr an. (Wen auch? Er hatte ja endgültig begriffen, dass Margot nie eine Zeile von ihm erhalten hat.) Als ich mich umsah und fragte, wie er wohl unser Leben hier fand, wurde mir wieder die Stille bewusst, schlagartig. Es war wirklich zu ruhig. Paps' Atem fehlte, sein schlürfender Gang, sein Räuspern und sein leises Fluchen über Kleinigkeiten, Kreise, die die Kaffeetasse auf der Küchenzeile hinterließ. Mich befiel die Vorahnung davon, eines Tages in diese Wohnung zu treten und mich um die letzten Dinge eines Verstorbenen zu kümmern. Um sie loszuwerden, schaltete ich den Fernseher ein, die gewohnte Geräuschkulisse erfüllte den Raum. Ich ging weiter zum Fenster. Herrn Seiferts Cäsar humpelte beträchtlich; seine Vorderpfoten kamen schneller vorwärts, als der Rest von ihm hinterherhoppeln konnte, als versuchte er, seinem eigenen kleinen Puschelhintern zu entkommen. Dann waren er und sein gekrümmtes Herrchen aus dem Lichtkegel der Laterne verschwunden. Blaulicht tauchte das gegenüberliegende Haus und die gesamte Straße abwechselnd in Licht und Schatten, und ein großes feuerwehrähnliches Fahrzeug vom THW raste unten vorbei. Ich richtete meine Aufmerksamkeit auf den Fernseher, in dem gerade vermeldet wurde, dass die Ortsteile Raguhn und Jeßnitz überflutet wären, die Anwohner wurden evakuiert. Es dauerte eine Sekunde, bis ich begriff, den Fernseher ausschaltete und nach draußen rannte.

Die Straße glänzte schwarz wie gelackter oder frischer Teer. In den Gullys rauschte und gluckste das Wasser. Die Regenrinnen liefen über. Von irgendwoher drang das Brummen eines Hubschraubers, er näherte sich, zog aber nie über meinen Kopf hinweg, er musste ganz in der Nähe kreisen. Ich rannte. Ich rannte den ganzen Weg entlang, den wir samstags oder sonntagnachmittags gegangen waren, langsame Schritte, die Zeit hatte Spendierhosen an, und ich hielt mich an den elterlichen Händen fest: Engelchen, Engelchen, flieg! Und der Flug, ein, zwei Schritte lang, kam mir gewaltig vor, Kopf in den Nacken, der Himmel weit, klar, hellblau, so unendlich, dass er in den Augen bohrte. Jetzt bebte ein schwarzer Vorhang über den Rand der Stadt, auf den ich mich zubewegte. Kaum hatte ich mir das Wasser von den Brillengläsern gewischt, beschlugen sie auch schon wieder. Als ich von der Straße abbog, um den Weg zum Kanal einzuschlagen, gab der Boden nach, matschig. Ich watete durch das Gras und erreichte das Ufer früher als gewohnt, eine dunkle Fläche, die mich erstarren ließ. Sie bewegte sich, das wusste ich, mit unbändiger Kraft, aber sie sah ruhig und beinahe friedlich aus. Meine Füße versanken inzwischen knöcheltief im Matsch, ich kämpfte mit jedem Schritt gegen den Schlamm und fand ihn, meinen Vater, vielleicht fünfhundert, vielleicht auch nur hundert Meter weiter. Breitschultrig, die Beine wie zwei Säulen in die aufgequollene Erde gerammt, stand er in T-Shirt und Badeschlappen da. Meine Augen brauchten einige Sekunden, ehe sie den Haufen, vor dem er sich so postiert hatte, als die gewaltige schwarze Fleischmasse eines angeschwemmten Tieres erkennen konnten, dessen Name mir nicht in den Kopf wollte. Das Wort lag mir auf der Zunge, es war, als wollte ich es aussprechen, aber es kam nicht heraus beim Anblick der geweiteten Nüstern, des aufgeblähten Leibs und der angstgeweiteten Augen. Ich legte meine Hand auf seine Schulter. Wie eingeschaltet und ohne sich nach mir umzusehen, sagte er: «Guck dir das an.»

Ich: «Du hast keine richtigen Schuhe an, Paps, wie willst du denn hier laufen, es ist alles voller –»

«Guck dir das an», sagte er wieder, den Kadaver im Blick.

Ich nahm sein Handgelenk und versuchte, ihn vorsichtig zum Gehen zu bewegen. «Wir müssen», sagte ich. «Komm, wir müssen hier weg.»

«Wohin denn?», sagte er. «Scheiße noch mal, *wohin*?!»

«Nach *Hause*», legte ich den Arm um ihn, drückte ihn an mich oder mich an ihn, ich weiß es nicht. «Komm nach Hause.»

«Sie haben dich genommen.»

«Noch nicht», versuchte ich zu scherzen.

«Sie haben dich genommen.»

«Das hast du mir schon geschrieben», sagte ich. «Komm, wir gehen und machen uns einen Kaffee.» Ich zog an seinem Arm, aber er rührte sich keinen Zentimeter vom Fleck.

Er sagte: «Da musst du nur noch hinfahren.»

Ich hatte nicht richtig gehört. Seit einem Jahr trichterte er mir ein, dass ich Berlin vergessen sollte, und nun standen wir keine drei Minuten im Hochwassergebiet, und ich sollte am besten schnell weg? Er nickte in sich rein.

Ich sagte: «Du solltest jetzt erst mal nach Hause.» Wieder zog und schob ich an ihm herum, sagte Bitte, ich glaube, ich sagte echt ein paar Dutzend Mal Bitte, aber er schien entschlossen, sich in diesem Leben nirgendwo mehr hinzubewegen und mich gleich mit einzubehalten. Das sagte ich ihm auch. Dass ich nicht von der Stelle ginge, wenn er nicht mit mir käme, ob ihm das besser gefiele. Er sah mich fragend an, und ich konnte nicht erkennen, ob er vielleicht nur durch mich hindurchsah. Er schüttelte den Kopf wie ein verwundertes Kind. «Na, dann komm», rief ich ihm zu und stemmte mich gegen seine Brust. Da er nicht ganz der Paps war, den ich sonst so kannte, blieb mir nichts anderes übrig, als so dermaßen an ihm rumzufuhrwerken, bis er sich in Bewegung setzte, endlich.

Zu Hause angekommen, war er drauf und dran, sich durchnässt, wie er war, auf die gute alte Couch zu legen. Ich hielt ihn vorerst davon ab, holte ein frisches Handtuch aus dem Bad und trocknete ihm die Haare, besorgte eine neue Jogginghose, ein T-Shirt und half ihm aus den nassen Sachen und rein in die neuen. Binnen Sekunden war er eingeschlafen. Ich deckte ihn mit der Ostseedecke zu und war danach unschlüssig, was ich als Nächstes tun sollte. Die Papiere und die Schreibmaschine auf dem Tisch sorgten für eine ungewohnte Unordnung. Ich ließ sie, wie sie waren. Nur seine Tasse brachte ich in die Küche, um sie auszuspülen, weil er das auch immer so machte, das Letzte vor dem Zubettgehen. Ihr Anblick als einziges Geschirr auf dem Abtropfgitter störte mich irgendwie, und so griff ich zu einem Geschirrtuch, rieb damit an der Tasse herum und stellte sie an ihren Platz im Küchenschrank. Als wäre das noch nicht genug für die Freunde der Psychoanalyse, wischte ich auch noch die Küchenzeile und stützte meine Hände darauf wie er.

Da ich nicht sicher war, ob er vielleicht Fieber oder so was kriegen könnte, hielt ich es für besser, die Nacht bei ihm zu verbringen. Am Anfang saß ich noch so da, fühlte regelmäßig seine Stirn. Ich überlegte, was ich denn machen würde, wenn er tatsächlich Fieber bekäme, und warf im Badezimmer einen Blick auf die Medikamente. Er nahm auch Mittel gegen Bluthochdruck. Ich las mir alles durch und wollte sichergehen, dass er die Einnahme nicht verpasste, aber so, wie's aussah, war nur morgens eine Tablette dran. Paracetamol gab es auch, ein Thermometer, noch mit Quecksilber. Dass es nun für mich nichts mehr zu tun gab, versetzte mich in Unruhe. Ich schaltete den Fernseher ein, vielleicht hatte ja der Fernsehpsychologe Dienst, ich spielte mit dem Gedanken, ihn um Rat zu fragen, und schaltete – auf welchem Programm lief er noch mal? – alles durch. Die Überschwemmungen beherrschten die öffentlichen Sender; Krieg und Liebe, Mord und Raub fanden wie gewohnt in den privaten statt. So wie's aussah, hatte der TV-Seelendoc heute keine Schicht.

Bei den Bildern aus der unmittelbaren Nachbarschaft, Interviews mit Helfern und Opfern (von dem Wort wurde bedenkenlos Gebrauch gemacht), kreisten meine Gedanken komischerweise um Sean.

Dass er noch da draußen rumkraxeln könnte, regte mich ziemlich auf. Ich kramte das Telefonbuch hervor und dachte angestrengt über Juttas Nachnamen nach. Mit D fing er an, D wie Dornen an den Rosenbüschen, die uns durch die Hosen piksten, D wie Dankbar, Dose, Düssel, Döffel, und plötzlich hatte ich es.

«Denzer?»

«Jutta? Hier ist Phillip von der Arbeit. Jutta, bist du's?»

«Phillip! Was ist los, hast du die Nachrichten gehört? Die sagen, wir werden evakuiert, ich kann nicht viel mitnehmen. Nur das Nötigste.»

«Ist Sean bei dir?»

Eine Sekunde zögerte sie. «Hat er was ausgefressen?»

«Das nicht. Ich hab ihn gestern oder vorgestern gesehen, ist er bei dir?»

Sie zögerte immer noch, dann schickte sie das erlösende

«Ja» durch den Hörer. «Ist hier. Phillip, wir sollen alles hierlassen, nur ein paar Klamotten. Werdet ihr auch evakuiert?»

«Glaube nicht.» Ich war mir nicht sicher.

«Ist alles okay bei dir? Du klingst so angeschlagen.»

Ich überlegte, dann sagte ich: «Geht schon.»

«Sekunde mal.»

Eines der Kinder plapperte dazwischen. Jutta sagte: «Ja. Gleich. Was willst du denn mit deinem Schiff? Ich hab gesagt, kein Spielzeug … Entschuldige, Phillip, was war?»

«Nichts. Alles gut.»

«Gut, denn. Wir sollen nur das Nötigste mitnehmen.»

«Beeilt euch besser.»

«Besser, ja.» Ich wollte schon auflegen, da wandte sich Jutta wieder an eines der Kinder: «Nicht das Schiff, das Schiff ist zu groß, nur das Nötigste.»

Im Hintergrund stotterte ein Kind etwas zurecht. Es musste die Kleinste, Zoe, sein. Jutta blieb geduldig und wartete, bis Zoe den Satz beendet hatte, dann sagte sie: «Ja, aber das Schiff ist ein Spielzeug, Schätzchen, damit können wir nicht fahren.»

Zoes Antwort kam mir ungeheuer lang vor.

«Das machst du prima, Schätzchen», hörte ich Jutta. Dann näherte sich ihre Stimme wieder dem Hörer: «Phillip, bist du noch dran?»

Ich sagte: «Ja. Viel Glück, Jutta.»

Jutta sagte: «Hach.»

Als sie aufgelegt hatte, schlug mein Herz ruhiger.

WIR WURDEN NICHT EVAKUIERT, so viel kann ich Ihnen schon mal verraten. Ich glaube, ich hätte es gehasst, wenn ich dieses *Drama* hier auch noch hätte unterbringen müssen. Ich hab hier schon genug Zeug geschrieben, das schwer an Drama grenzt und das vor allem gar nicht dazugehört. (Ob Sie's nun glauben oder nicht, normalerweise hänge ich auch nicht mein mickriges Liebes- und mein behämmertes Seelenleben wie frische Wäsche vors Fenster, vermutlich habe ich hier einfach zu wenig nachgedacht.) Für meinen Geschmack hätte die ganze Flut auch nicht hier reingehört, aber sie fand nun mal an diesem Ort und zu dieser Zeit statt (nein, können wir nun erst recht nicht mehr ändern) und verlief meines Erachtens weniger schrill, als die Fernsehbilder glauben machten. Unsere Straße beispielsweise war null betroffen. Herr Seifert ging weiter fleißig mit seinem Hund Gassi; er war geradezu begierig darauf, andere Menschen zu treffen, um ihnen mitzuteilen, was er gerade im Radio oder im Fernsehen erfahren hatte. Mich wunderte, dass er den Fernseher brauchte, wo er doch bequem hätte hingehen können und sich selber ein Bild von der Lage machen. Mein Vater war Herrn Seiferts bester Ansprechpartner. Zehnmal ging Paps am folgenden Tag einkaufen, und niemals kam er mit mehr als einer Küchenrolle, einer Zeitung oder so was zurück, aber immer hatte er Herrn Seifert getroffen oder mit jemandem im Laden gesprochen. Die neuesten Informationen erhielten den Status einer zweiten Währung. So informierte mich selbst Frau Köck, die mir lediglich hatte mitteilen wollen, dass die ABM aufgrund der Umstände ausfiele, darüber, wo welche Straße gesperrt war, dass man überlegte, die Goitzsche volllaufen zu lassen, um dem Fluss den Druck zu nehmen … Tausendfach berichteten die Sender, wie vorbildlich doch das menschliche Miteinander sei, wie hilfsbereit und fürsorglich einer für den anderen einstand. Ich bekam meine übliche allergische Reaktion gegen solches Pathos und schaltete alles aus, was mich mit dem Thema belästigte. Als mein Vater im Netto erfahren hatte, wo genau Helfer benötigt wurden, zog er sich seine alte ballonseidene Trainingsjacke über. Er sah mich fragend an, und obwohl ich ablehnte mitzugehen, sparte er sich den Vorwurf. Ich riet auch ihm ab. Wegen der Nerven. Er meinte, dass es gehen werde. Außerdem springe ja überall Gesundheitspersonal herum. Ich fand diesen Satz nicht nur plausibel, sondern sehr gesund. Sebastian schrieb ich eine SMS, da ich das lange Gespräch scheute, das er mir ans Bein binden würde, wenn ich ihn anrief. Er antwortete, ich solle einfach noch mal Bescheid sagen, wann ich in Berlin ankäme. Außerdem fragte er, ob nicht mein Geburtstag anstünde. Ich ging nicht darauf ein.

Dann wählte ich Ralfs Nummer. Auch er war ganz aus dem Häuschen wegen des Hochwassers, allerdings spielte er freudig erregt darauf an, in wie viele Häuser und Läden man jetzt überall einsteigen könne … Ich sagte ihm, dass ich das Geld schon jetzt wieder bräuchte. Natürlich ist es weg, dachte ich, aber ich probierte es trotzdem. Ralf sagte, er könne es mir vorbeibringen, wann?

Ich konnte mein Glück kaum fassen; umso weniger wollte ich es mir nun entwischen lassen, und so sagte ich ihm, dass heute ein guter Tag wäre. Ralf versprach zu kommen.

Ich schätze, die Wartezeit konnte man auch eine Lektion in Mit-gleicher-Münze-Zurückzahlen nennen. Er tauchte erst am späten Nachmittag auf. Plus: Er hatte nur einen Teil der Kohle dabei.

«Wie viel hast du denn?»

«Fünfzig.»

«Her damit.»

Fragen Sie mich nicht, was er gemacht hat, aber er sah besser aus, beinahe wie frisch aus dem Ei gepellt, als er mit relativ ruhiger Hand ein paar Scheine aus der Hosentasche zog.

«Den Rest kriegst du nächste Woche. Du kommst doch noch mal her?»

Ich nickte, war aber viel eher irritiert über Ralfs unerwartete Geradlinigkeit und fragte: «Wie hast du das denn so schnell gemacht?»

Er grinste und ging zu unserm Fernseher, um ihn einzuschalten.

«Guckst du nicht? Beim Chinamann läuft den ganzen Tag nichts anderes.»

Die Diskussion, warum er sich den ganzen Tag im Asia-Döner herumgetrieben hatte, wo er doch schnellstmöglich vorbeikommen wollte, klemmte ich mir. Auf dem Lokalsender zeigten sie Bilder von Booten, die Menschen aus ihren Häusern holten, Löschwagen und Pumpen der Feuerwehr. Während ich mir wünschte, doch wenigstens den Ton abstellen zu können, weil jeder Beitrag mit diesem widerlich heroischen Grundtenor begleitet wurde, sog Ralf die kleinen Berichte förmlich auf. Was ihn nicht daran hinderte, zu fragen, wann es denn losginge.

«Morgen», sagte ich.

«Und wie willste hinkommen?»

«Mit dem Taxi.»

«Hast du genug zusammen?»

«Was?»

«Na, Geld. Taxi wird 'ne Stange kosten. Hundertfünfzig oder was?»

«Das war Spaß. Ich fahr mit der Bahn, was sonst?» Ralf beugte sich nach vorn und fragte: «Ist das nicht dein Oller?» Ich verstand nicht.

«Dein Vater. Ist er das nicht?»

Einen kurzen Augenblick ruhte die Kamera auf Paps und seinem Nebenmann. Schwitzend, durch die geöffneten Münder atmend, ernst und beschäftigt, wie sie waren, sahen sie, Entschuldigung, wenn ich das sage, irgendwie glücklich aus. Aber schon war das Bild verschwunden, und eine Sprecherin stand neben einem Experten im Studio. Sie diskutierten das zusammengebrochene Verkehrsnetz.

Ralf sagte: «Das war doch dein Vater.»

Ich starrte entsetzt auf die Mattscheibe.

Die Bahn fuhr nicht.

Ich konnte es nicht fassen.

Ralf ging freiwillig, sobald er erfahren hatte, welche Gebiete nun evakuiert waren.

Ich blieb wie festgeklebt auf der Couch sitzen und verfolgte die Diskussion. Nichts, was ich sah und hörte, wollte mir in den Kopf. Ich schaltete das Gerät aus, schnappte meine Sachen und rannte, ich rannte durch die ganze Stadt. Sie wirkte eingeschlafen wie immer. Je näher ich dem Bahnhof kam, umso weniger wollte ich die Katastrophe glauben. Alles sah wie gewohnt aus. Die ausrangierte Werkslok stand neben dem Parkplatz als Denkmal vor sich hin. Ich rannte an ihr vorbei und stolperte die Treppen nach oben. Rentner besetzten den einzigen Fahrscheinautomaten. Durch die gesamte Wartehalle zog der Geruch von Frittierfett und Krakauern aus dem Schnellrestaurant, in dem ein paar kahle Köpfe über abgestandenen Gläsern brüteten. In der Höhe, gegenüber den Eingangstüren, bestätigte die Anzeige den Ausfall sämtlicher Züge. Wie vor den Kopf geschlagen drehte ich mich um und rannte nach draußen. Mein Blick fiel auf die leerstehenden Häuser gegenüber. Es war, als lachten sie sich schlapp.

(Kitschig, was?)

DER AUTOR DANKT

Nils Graf,
Marc Koralnik,
Anke See,
Diana Stübs,
Jurek Becker,
seinen Eltern,
Mitja und Simone Wildt.

Das für dieses Buch verwendete FSC®-zertifizierte Papier
Lux Cream liefert Stora Enso, Finnland.